AF462497

8° Y2
53678

RIVALES

PAR LOUIS MAURECY

BIBLIOTHÈQUE NATIONALE
R.F.
IMPRIMÉS

E. BERNARD, IMPRIMEUR-ÉDITEUR, PARIS.

Petite Collection E. BERNARD

37

Rivales

BIBLIOTHÈQUE NATIONALE R.F. IMPRIMÉS

Par *Louis Maurecy*

A Louise Nicot,
Affectueux souvenir.

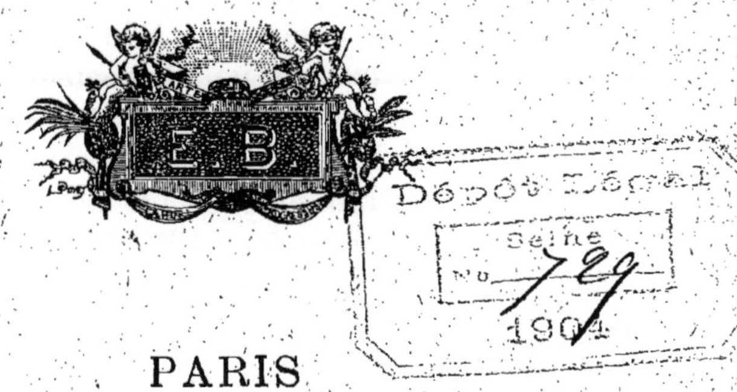

Dépôt Légal Seine N° 729 1904

PARIS
E. BERNARD, IMPRIMEUR-ÉDITEUR
29, Quai des Grands-Augustins, 29

Droits de Traduction et de Reproduction réservés.

8° Y2 36/78 (37)

Rivales.

— C'est fini, murmura la mère Godard, en essuyant ses yeux du revers de sa main. La chère femme est trépassée. Mademoiselle Magdeleine est maintenant complètement orpheline.

La vieille femme ramena le drap sur la morte; puis toujours penchée sur le visage blême, espérant peut-être encore un souffle, un battement des paupières, elle continua :

— La pauvre femme a su mourir vite, sans dépenses. On eut dit que pour ne pas être à charge à sa fille, qui a tant de peine à gagner leur pain quotidien, elle a choisi la maladie, commandé à la Mort. Elle est partie sans prendre *une* centime de remède, sans recevoir une visite de médecin... Le prêtre même, n'a pas eu le temps de l'absoudre; mais la chère femme ne devait pas être brouillée avec Dieu, car la bonté et la souffrance sont bien accueillies là-Haut, et sont les clefs qui ouvrent, sûrement, les portes du paradis.

C'est égal, en voilà une mort rapide... que dire à la demoiselle !... Comment lui apprendre que sa chère maman est partie ainsi, sans lui donner une dernière caresse, sans lui dire adieu... C'est bien triste. Pauvre demoiselle Magdeleine !... Enfin je vais toujours faire la toilette de la défunte, afin que sa fille la retrouve avec sa belle figure des autres jours. Il faut qu'elle garde de sa personne un bon souvenir.

La vieille concierge se dirigea vers l'armoire et l'ouvrit.

— Pas beaucoup de linge, murmura-t-elle, mais du beau. J'ai toujours cru que ces deux femmes, malgré leur pauvreté présente et le mutisme, qu'elles gardaient sur leur passé, avaient dû occuper un haut rang, autrefois... Pourquoi s'en cachaient-elles avec tant de soin? Moi, si j'avais été jadis une grande dame, au lieu d'être née dans cette loge, je le dirais bien haut... Mais personne ne se ressemble, pas plus comme visages que comme idées.

La mère Godard prit un drap entouré d'une fine dentelle.

— C'est bien beau, cela, pour être enfoui dans la terre, et c'est dommage de mettre à la pauvre dame pareil vêtement... D'ailleurs il vaudrait mieux l'habiller... L'effroi sera moins grand pour Mlle Magdeleine et la chose plus décente... Moi, je n'ai jamais compris que l'on donne à ses morts, cet air de fantôme qui double l'effroi... Je vais donc faire belle la pauvre femme.

La brave concierge referma l'armoire, entra dans un cabinet de toilette dont la porte s'ouvrait au pied du lit, y prit une robe noire.

— Là, avec cela la morte sera très bien.

Elle revint dans la chambre, et commença la toilette funèbre, tout en monologuant.

A peine avait-elle fini de reposer sur l'oreiller la tête de la morte, qu'un pas se fit entendre dans l'escalier.

La mère Godard tressaillit.

— Mon Dieu, la demoiselle !... Et moi qui n'ai point encore songé à ce que j'allais lui dire !... Comment lui apprendre !... Oh ! c'est affreux !... La pauvre petite !...

La concierge sortit de la chambre, entra dans la salle à manger, attirant sur elle la porte de communication entre les deux pièces.

Au même instant, la porte de dehors s'ouvrait et une jeune fille faisait son entrée dans le petit appartement.

Elle était grande et svelte, avec une taille fine et une poitrine large et pleine. Le teint était mat, les yeux noirs bordés de longs cils qui leur donnaient une expression de douceur voluptueuse ; la bouche était grande, le nez irrégulier, mais ce visage, encadré de larges bandeaux naturellement ondés, demeurait charmant. L'expression en était grave, un peu triste, avec une nuance hautaine.

— Eh bien, Mme Godard, comment va ma mère ?

— Pas bien, Mademoiselle, elle a eu une crise d'étouffements qui l'a fait beaucoup souffrir et l'a très affaiblie... Elle repose en ce moment.

— Pauvre Mère ! Vous ne l'avez pas quittée ?

— Non, Mademoiselle.., et même, j'ai cru prudent de... faire venir le médecin.

— Vous avez bien fait. Et qu'a dit le Docteur ?

— Il ne l'a pas trouvée bien.

— Vraiment ! Oh ! mon Dieu, moi qui ne croyais qu'à une simple indisposition !

— Oui, Mademoiselle, toutes les maladies débutent par de vagues malaises ; mais n'empêche pas que cela devient parfois grave..., très grave.

La jeune fille pâlit. Son regard eut une expression d'angoisse.

— Mais, enfin, qu'a dit le Docteur ?

— Il a dit que votre mère avait une congestion pulmonaire, et que... vu son affaiblissement... la chose était grave... si grave même qu'il la croit... très sérieusement atteinte... son état est presque désespéré.

A mesure que parlait la vieille concierge, la pâleur de Magdeleine s'était accentuée, et quand elle se tût, la pauvre enfant était livide.

En un geste d'implorance, ses mains se joignirent.

— Mon Dieu !

Ce fut toute la prière qui jaillit de son cœur, mais l'invocation était tellement suppliante que la mère Godard sentit les larmes lui monter aux yeux.

Elle prit dans ses mains rugueuses les mains blanches et fines de la jeune fille et la forçant à s'asseoir, elle lui dit :

— Pauvre demoiselle ! la misère est grande sur la terre... Vous êtes appelée à être bien malheureuse, car la solitude est triste, surtout à la jeunesse. Enfin, ayez confiance en Dieu.

— Oui, Dieu guérira ma mère. Il ne peut me l'enlever ; il sait que sans elle je ne pourrais plus vivre.

— Il le faudra pourtant bien, Mademoiselle Magdeleine, car le malheur ne tue pas.

— Mais enfin ma mère peut guérir, elle guérira.

— Non, ma pauvre enfant, car votre mère repose pour l'éternité.

Un cri, qui semblait un déchirement de l'âme, s'échappa des lèvres pâles de la jeune fille.

Elle s'arracha des bras de Mme Godard, qui cherchait à la retenir, entra précipitamment dans la chambre, courut au lit, jeta ses bras autour du cou de la morte et couvrit de baisers ses cheveux, son front, ses yeux.

— Mère, réponds-moi. Mère, je t'en supplie, regarde-moi. Je suis ta fille. Tu ne peux m'avoir quittée sans me dire adieu. Mère, je veux que tu me répondes !

Devant l'impassibilité de l'être cher qu'elle tenait dans ses bras, Magdeleine se recula, écartant d'elle la morte.

Il lui sembla alors — illusion ou réalité — qu'un sourire glissait sur les lèvres maternelles, comme pour un suprême adieu, puis le visage reprit son expression de calme immuable.

La jeune fille, eut un cri de folie.

— Ma Mère !

Et reprenant le cadavre entre ses bras, elle fit le geste de vouloir l'emporter.

La Mère Godard intervint.

— Mademoiselle, que voulez-vous faire? Tout est fini, laissez la pauvre dame reposer en paix et priez pour elle.

Magdeleine, rappelée à la réalité par cette voix calme, reposa délicatement la tête de la morte sur l'oreiller, lissa sur le front les beaux cheveux que la douleur avait prématurément blanchis, puis lourdement, elle se laissa tomber sur les genoux et la tête dans ses mains, éclata en sanglots.

— C'est égal, ça a été dur, murmura la vieille femme avec cet amour du monologue qui la caractérisait. Quand je l'ai vue, je ne savais comment commencer... Enfin, je m'en suis tirée assez bien. On a beau ne pas être une savante, le cœur, lui, a toujours de l'esprit.

Et contente d'elle, bien que très émue de la douleur de la jeune fille, la concierge, après lui avoir jeté un regard de commisération, se retira dans la cuisine pour préparer le modeste repas.

*
* *

Le petit appartement où se déroulait cette scène pénible était situé au sixième étage d'une maison sise rue Rousselet, en face du parc des frères Jean de Dieu.

Le logement était simple, un peu mansardé. Des fenêtres, on apercevait un panorama splendide. Au premier plan, le velours des arbres et des pelouses du parc, plus loin le Champ de Mars gardé par le gigantesque géant de la Tour Eiffel, et tout au loin les côteaux de Meudon, Saint-Cloud, Sèvres.

Sous le soleil éclatant de midi ou sous la lumière fantastique de minuit, le spectacle était grandiose. Le soleil dans la journée l'incendiait de ses rayons, la nuit y jetait la mélancolie de son voile bleu que déchirait de temps à autre l'étincelle du phare de l'immense monument.

Une poésie puissante se dégageait de ce large horizon, en face de lui, l'âme s'élevait au-dessus des mesquineries sociales, et sentait venir en elle le calme, la grande paix qui chaque soir descend des cieux sur la terre.

Les pièces étaient meublées simplement avec un reste de grandeur. Le lourde table de chêne sculpté, les chaises recouvertes de cuir de cordoue, le buffet à colonnades disaient assez que tous ces meubles avaient dû avoir un autre cadre.

C'était au mois d'octobre précédent que les dames Darvey étaient venues louer.

Malgré le deuil qui les vêtait, ces deux femmes avaient grand air. La plus jeune était jolie, d'une beauté à la fois hautaine et gracieuse, la plus âgée avait une figure très douce et très noble sous ses cheveux blancs.

Cette dernière paraissait lasse. Elle parlait lentement et rarement, laissant le plus souvent la parole à sa fille, approuvant seulement par de petits signes de tête.

La Mère Godard, loquace ordinairement se sentit intimidée devant ces deux personnes.

Cependant, elle s'empressa de répondre à leur interrogation.

— Ce n'est qu'un logement, Mesdames, au sixième, sous les toits. Le prix d'ailleurs en est modeste : 480 francs.

La concierge croyait que ces dames allaient se récrier, dire qu'elles désiraient mieux, mais la jeune fille demanda froidement :

— Peut-on le visiter ?

La vieille femme eut un geste de surprise :

— Certainement, Mesdames. Si vous voulez me suivre ?... Seulement, il faut prendre du souffle, car c'est haut.

— Nous monterons lentement, répondit la jeune fille.

Pendant l'ascension, la mère Godard fut bien des fois tentée de reprendre ses monologues favoris, mais l'air calme et froid des visiteuses lui causait quelque émoi.

Arrivée au sixième, elle ouvrit la porte silencieusement et s'effaça pour laisser passer les deux dames.

Celles-ci parcoururent assez rapidement les pièces; la jeune fille ouvrit une fenêtre, et se pencha au dehors avec un cri d'admiration :

— Oh ! Mère, que c'est beau ! Je me plairai certainement ici.

— Nous aurons, en effet, de l'air et du soleil, répondit la dame âgée plus pratique.

Elle se retourna vers la concierge :

— Ce logement nous convient, il est libre, nous pourrons donc emménager prochainement, n'est-ce pas ?

Et sur la réponse affirmative de la vieille concierge, l'engagement signé, les deux femmes étaient parties, pour revenir huit jours plus tard, s'installer définitivement.

La nuit descendait lentement ; une de ces nuits d'été qui mettent tant de coquetterie à séduire le Jour : les côteaux, là-bas à l'horizon, se teintaient de mauve, et dans la chambre mortuaire, l'ombre se faisait peu à peu.

Seule, assise au pied du lit, la tête appuyée au dossier du fauteuil avec une expression de lassitude infinie, Magdeleine rêvait au passé, vivant le présent, évoquant l'avenir.

Malheur ! Malheur !! Malheur !!! Trois fois le mot sinistre se répétait.

Le passé ? Hélas, l'enfance heureuse des riches, les caresses maternelles, les jouets luxueux, les beaux vêtements, les serviteurs inclinés déjà très bas, devant la frêle enfant.

Puis la jeunesse ; le commencement des rêves, le cœur s'ouvrant aux espoirs d'un avenir dont il peut tout attendre. Enfin, la catastrophe soudaine, l'horizon bleu comme un matin de printemps devenant subitement noir comme un ciel de tempête, et le vent d'orage balayant tout ce qui jadis faisait la joie.

Le père de Magdeleine, le Marquis d'Arvey était homme léger et prodigue.

Il chérissait sa fille, il aimait sa femme, et malgré ces deux affections, il était incapable de résister à l'ambition et aux désirs de son cœur volage.

Afin de grossir encore sa fortune, il jouait à la Bourse, se lançant dans les spéculations les plus audacieuses. La chance d'abord se montra son alliée, puis peu à peu, elle se détourna de lui, jusqu'au jour où, devenue sa mortelle ennemie, elle le laissa complètement ruiné.

Le coup fut trop rude pour cet esprit peu fait pour la lutte, et après une nuit horrible, il se relevait les yeux hagards, des paroles étranges aux lèvres. Il était fou.

Interné, il mourut peu après.

Dès lors une vie de privation, de travail commença pour les deux malheureuses femmes.

Instruite et intelligente, Magdeleine se mit courageusement à la tâche. Elle donna des leçons de français, de musique, de dessin et réussit ainsi à vivre au jour le jour.

Mais voilà que sa mère après deux ans de luttes la quittait à son tour.

Désormais, elle était seule, toute seule !

Elle eut un grand frisson.

A quoi bon vivre ?

Elle se sentait complètement désemparée. Avec quelle joie elle se serait étendue près de sa mère pour s'endormir, comme elle, du grand sommeil de la Mort !

Tandis qu'elle songeait, la porte d'entrée s'ouvrit doucement et la mère Godard parut.

— Chère Mademoiselle, vous ne pouvez rester seule ainsi. Qu'avez-vous décidé pour cette nuit? Voulez-vous que mon mari et moi veillions la défunte, tandis que vous tâcherez de reposer?

La jeune fille eut un sursaut, comme si elle s'éveillait d'un songe.

Lentement, elle passa la main sur son front, puis elle dit :

— Merci. Tant que ma mère sera ici, je ne la quitterai pas. Reposer? Y pensez-vous? Le pourrais-je?

— Vous avez tort, Mademoiselle. Si vous alliez tomber malade...

— Mère Godard ne me donnez pas cet espoir, il serait trop bien accueilli.

— Mademoiselle, votre devoir est d'accepter la vie. Avez-vous pris quelque décision pour l'enterrement de la pauvre dame?

— Aucune. Je n'y ai même pas songé. Oh! mère Godard, si vous saviez dans quel désespoir sa mort me plonge! Je ne pourrai plus vivre!...

— Chère Mademoiselle, il faudra pourtant s'occuper de faire les démarches. Mon mari vous rendra ce service. Il ira à la mairie et à l'église. Un enterrement simple, très simple, n'est-ce pas?

Magdeleine eut un cri :

— Mais de l'argent! Je n'en ai pas. Je viens de payer notre terme. A peine s'il reste ici 20 francs.

— Alors, mon enfant, on fera enterrer votre mère

à la pauvrette, comme l'on dit. Ce ne sont pas les honneurs qui lui rendront la vie. Il faut être raisonnable, ne pas vous endetter ; vous aurez besoin de votre argent.

Magdeleine se releva d'un bond :

— Enterrer ma mère *à la pauvrette*, dans la fosse commune, jamais ! Ma pauvre mère, ne pas avoir un petit coin de terre pour reposer en paix, un petit coin de terre où je pourrais aller prier ! Je préfère tout vendre ici plutôt que de permettre cette profanation, je veux que ma mère, *la marquise d'Arvey*, soit enterrée décemment.

A l'énoncé du titre, la vieille concierge s'était signée, en murmurant : un Bon Dieu Seigneur ! plein d'admiration.

— Nous ferons pour le mieux, Mademoiselle Magdeleine, mais il serait beaucoup plus raisonnable d'accepter ce que je vous proposais. En terre commune, Madame votre Mère (elle devenait beaucoup plus révérencieuse) reposerait tout aussi bien et vos prières, pour elle, seraient aussi efficaces.

— Mère Godard, taisez-vous. Je ne peux pas ! Je ne veux pas !

La concierge n'insista pas. Silencieuse, elle alluma une bougie, vint prendre place près du lit et la veillée commença.

Le lendemain, un secours inespéré parvint à la jeune fille. La mère d'une de ses élèves, Mme de Séné, ayant eu connaissance du malheur qui venait de frapper Mlle Darvey et, pressentant un peu la triste vérité, se rendit chez Magdeleine. Avec un tact infini, elle lui fit avouer son embarras, et lui offrit d'y remédier en lui avançant l'argent nécessaire aux obsèques.

— Après, ma chère enfant, je m'occuperai de vous. A votre âge, il serait trop pénible et trop dangereux de rester seule. Je parlerai à mes amis, nous tâcherons de vous trouver une place dans une famille. Cela vaudra mieux pour vous.

Magdeleine, incapable de penser, acquiesça d'un signe de tête résigné.

A la porte du cimetière, après la triste cérémonie, elle retrouva Mme de Séné.

— Venez dîner avec nous, dit celle-ci ; nous causerons. J'ai à vous soumettre un projet.

Apeurée de solitude, la jeune fille accepta.

Quand ses larmes furent taries, que réconfortée par la sympathie dont elle était l'objet, elle parut moins obsédée par sa douleur, Mme de Séné lui dit :

— Ma chère enfant, voici ce que j'avais à vous proposer. J'ai en Normandie, tout près de Caen, un vieil ami de ma famille : le marquis de Nerval. Tout à la fois savant et littérateur, bouquiniste enragé, l'âge va le forcer, pour les nombreux travaux dont il ne veut cesser de s'occuper, d'avoir recours à de jeunes yeux. Il demande donc comme secrétaire, une jeune fille, dont l'éducation soit en harmonie avec celle de la famille au milieu de laquelle elle est appelée à vivre. Cette famille se compose du marquis de Nerval, dont je viens de vous parler, vieillard affable, très instruit, intelligent, bien qu'un peu maniaque ; de son fils Pierre âgé de vingt-deux ans, dont la santé précaire défend tout rêve d'avenir, de sa belle-fille Suzanne de Bernon et d'un fils qui voyage actuellement dans les Indes.

Le Marquis et ses fils sont très bons ; seule Suzanne aura peut-être quelque morgue à votre égard ; c'est une nature hautaine et égoïste, mais je suis certaine que vous finirez par en avoir raison. Vous serez traitée par eux comme un membre de la famille.

Il me semble que dans ces conditions, la vie sera beaucoup plus acceptable que celle qui devient la vôtre actuellement. Les appointements seront de 2000 francs.

Magdeleine hésitait. Vivre chez ces étrangers, c'était faire l'abnégation absolue d'elle-même ! accepter la vie qu'on lui avait dit atroce, des institutrices, des gouvernantes, presque des domestiques !... Mais vivre seule ! Le soir rentrer lasse, au foyer désert, demeurer en tête-à-tête avec ses pensées, en tête-à-tête avec la douleur ! Elle ne le pourrait jamais !... l'idée du suicide deviendrait son obsession.

— Madame, questionna-t-elle enfin, pouvez-vous m'assurer que, dans cette situation, ma fierté n'aura pas à subir trop d'humiliations ?

— Certainement, mon enfant ; par le Marquis et ses fils vous serez traitée en égale.

BIBLIOTHÈQUE NATIONALE R.F.

— Alors, Madame, j'accepte. Quand devrai-je partir ?

— Dès que vos affaires seront réglées. Qu'allez-vous faire de vos meubles ?

— Les vendre. Je ne garderai que quelques souvenirs dont il me serait trop pénible de me défaire.

— Alors, ma chère enfant, je puis annoncer au Marquis que dans quinze jours vous serez chez lui ?

— Oui, Madame.

— Je vous recommanderai chaleureusement ; soyez en sûre.

— Je vous en remercie.

... Quinze jours plus tard, Magdeleine partait pour le château de Nerval.

*
* *

16 novembre 19..

Je pars. Je quitte Paris, sans parents, sans amis, seule désormais. Depuis mon dernier malheur, je vis en somnambule. Sur moi tout glisse, passe indifférent, et cependant j'ai au cœur et au cerveau comme une plaie béante.

... Triste voyage ! J'écris dans le train qui m'emporte vers la Normandie, vers ce pays aimé de ma mère, où elle est née, où elle a vécu son heureuse enfance et qui aujourd'hui va devenir ma terre d'exil !

Nature si fière, si indépendante, je vais m'emmurer dans un vieux château, près d'un Marquis infirme, maniaque, grand collectionneur de timbres, de papillons, de plantes et de livres !... Triste compagnon que le travail donne à ma jeunesse !

... La Nature semble en harmonie avec l'état de mon cœur.

Le jour s'est levé sur un ciel gris de novembre, d'où tombe continuelle, une pluie fine qui brouille les vitres des portières et m'empêche de voir au dehors, défiler le paysage triste.

Un livre me tient compagnie, bien en accord lui aussi avec mes pensées. Ce sont les *Heures de Prison* de Mme Lafarge : cette femme condamnée pour avoir empoisonné son mari, et qui, de la geôle, n'a cessé de clamer son innocence.

Tout à l'heure je lisais ces lignes qui semblaient la traduction de mes sentiments.

« Le Midi !... mon père et mon grand père y sont nés !... O mes morts bien-aimés ne vous semble-t-il pas que je viens accomplir un pieux pèlerinage ? La Fortune vous avait pris tous les deux par la main, pour vous conduire tous deux dans la patrie de vos espérances, et tous deux vous êtes tombés sans revoir cette terre natale qui attendait peut-être votre dernier adieu...

« Le bonheur vous avait rendus ingrats. Moi, votre enfant, presqu'au seuil de la vie, je viens saluer de mes pleurs ce beau ciel qui reçut votre premier sourire !

« Je viens baiser ce sol qui porta vos berceaux, qui me donnera une tombe ; je viens mourir sans avoir vécu, là où vous n'avez pas voulu vivre ! Oh ! mes pères que votre terre maternelle était belle, et que je me sens triste, hélas, de n'y poser le pied que pour m'ensevelir vivante dans la mort.

« ... Terre et soleil, espoir et vie, adieu ! »

. . . .

Le train marche, roule toujours vers le but où tend ma pensée et qui cependant m'épouvante.

Lisieux ! A peine si j'entends ce nom, si je distingue quelque chose par la portière entr'ouverte. Un air chaud, humide pénètre dans le wagon, tandis que la pluie m'aveugle...

Dans deux heures, je serai là-bas. Que vais-je trouver ? Un accueil cordial qui réchauffera mon pauvre cœur transi, ou une réception froide qui le plongera dans le désespoir ?

Je perds toute assurance. J'ai peur.

En me quittant, Mme de Séné m'a répété :

— Surtout pas de défaillance. Soyez courageuse et patiente. Chaque situation a ses ennuis. Le Marquis est maniaque, mais très bon. Suzanne a un caractère jaloux et hautain ; c'est elle l'ennemie qu'il vous faudra désarmer. Le Marquis et M. Pierre vous y aideront.

Jalouse et *hautaine*, ces mots m'effraient. Cette jeune fille va me détester et la haine d'une femme est chose terrible.

Encore si ma mère vivait ! Si je travaillais pour elle, afin de lui rendre un peu du bonheur passé ! Mais non, je n'ai plus personne à qui penser et le rêve de ma vie sera forcément celui d'une égoïste.

Oh ! ma mère, ma pauvre mère, où es-tu ? Pourquoi ne puis-je sentir ta présence, si ton esprit demeure ? Pourquoi dans ce pays qui fut ton berceau, ne puis-je te retrouver.

Mère, protège-moi ! Je me sens si malheureuse !

***

... Le calice est bu. Les portes de la prison se sont ouvertes puis refermées sur moi.

A la gare, une voiture attendait, attelée de deux forts chevaux conduits par un cocher qui m'aborda respectueusement.

— Mlle Darvey ?

— C'est moi, Monsieur.

— Monsieur le Marquis attend Mademoiselle. Si elle veut monter dans cette voiture, j'ai ordre de la conduire au château.

Je m'installai dans la voiture, tandis que les employés de la gare s'occupaient du transport de mes bagages.

Un quart d'heure après, nous filions dans la nuit noire.

Ah ! que de pensées tristes j'ai eues pendant ce trajet ! Combien dura-t-il ? Une heure, ou un siècle ? Je ne sais. Il me parut interminable et cependant je redoutais l'instant où la voiture s'arrêterait, où je pénétrerais dans la prison.

... Un arrêt, le grincement d'une grille que l'on

ouvre, quelques tours de roues, puis l'arrêt définitif, la portière ouverte, la voix du cocher disant :

— Nous voici arrivés, Mademoiselle peut descendre.

Une servante se précipita.

— Si Mademoiselle veut me suivre, Monsieur le Marquis attend Mademoiselle.

Je gravis quelques marches, suivis un corridor et pénétrai dans une pièce dont la clarté et la chaleur dès l'abord me réconfortèrent.

— Mademoiselle Darvey, annonça mon introductrice.

— Soyez la bienvenue, mon enfant, dit une voix.

Et une haute silhouette se dressa d'un fauteuil placé près de la cheminée.

— Approchez petite.

Tremblante, mon voile noir relevé, je m'approchai du vieillard, levant sur lui des yeux que je devinais craintifs, presque suppliants.

Sa main se posa sur mon épaule.

— Allons, pourquoi trembler ainsi ? Vous ne connaissez donc pas votre visage que vous semblez croire qu'il me fera votre ennemi. Rassurez-vous. J'espère que nous serons amis... Seulement, avec Suzanne, cela sera peut être difficile... Je préfère vous le dire : elle vous trouvera jolie, et elle s'imagine que seule elle a le droit de l'être. Chacun a ses défauts. Ne soyez pas coquette, surtout vis-à-vis d'elle je vous le recommande. Très simple, mon enfant, très simple. D'ailleurs votre jeunesse, votre beauté n'ont point besoin de brillants atours.

— Je vous remercie, monsieur le Marquis, mais mon deuil rend inutile votre recommandation. Je suis vêtue de deuil et je compte le porter longtemps; si ce n'est toujours.

— Très bien, petite. Vous devez être fatiguée. Marie va vous servir à dîner puis vous irez vous reposer... Demain, nous ferons plus ample connaissance. Bonsoir, mon enfant, que les bons Esprits vous protègent !

Levée tôt, ce matin, j'écris ces lignes avant de faire plus ample connaissance avec les habitants du château.

Le vieux Marquis semble bon; mais comme je voudrais fuir Mlle Suzanne, ne jamais la connaître !

... On me sonne ; voici l'instant arrivé. Mon Dieu ! ma mère ! protégez-moi !

*
* *

Deux amis, une ennemie ; c'est entre ces trois êtres que je vais vivre désormais.

Quand, hier matin, le timbre m'a appelée près du Marquis, j'ai trouvé celui-ci dans son bureau, pièce étrange où l'amour du collectionneur se devine de suite.

La tapisserie disparaît sous des bibelots de toutes sortes : clefs et serrures grossières ou délicatement ciselées, vitrines renfermant des quantités innombrables de papillons, herbiers, timbres-poste, etc. Çà et là quelques tableaux, aquarelles ou pastels, représentant des paysages d'Afrique ; à côté, des armes, des bijoux de peuplades sauvages.

— Tous ces souvenirs viennent de mon fils, Georges, me dit le Marquis, un explorateur que la Normandie n'a jamais su retenir plus de deux mois... Ah ! petite, chacun naît bien, en ce monde, avec des goûts apportés d'une existence antérieure ! Ainsi mon fils qui a été élevé près de moi, dans ce château, par un précepteur des plus sédentaires, est parti à vingt ans pour l'Afrique d'où il est revenu presque mourant. Nous le croyions guéri de son goût pour les aventures ; bah ! deux mois après il est reparti pour l'Asie... Mais nous parlerons de l'absent plus tard ; je veux vous présenter à mes deux enfants. Après quoi, vous me ferez la lecture des journaux.

Il sonna et ordonna à la domestique de prier M. Pierre et Mlle Suzanne de vouloir bien venir le rejoindre.

Presqu'aussitôt, le fils cadet du Marquis fit son entrée.

— Bonjour, mon père. — Soyez la bienvenue parmi nous, Mademoiselle.

M. Pierre est un jeune homme de petite stature, aux traits délicats ; les cheveux sont blonds, les yeux bleus, le teint pâle légèrement rosé aux pommettes, le front pensif, l'expression mélancolique. Un charme languissant, presque féminin, se dégage de sa personne.

Il s'inclina vers moi, et avec un doux sourire.

— La demeure n'est pas trèsgaie, Mademoiselle,

et plus d'une fois sans doute vous regretterez Paris. Enfin, soyez sûre que mon père et moi ferons tout notre possible pour adoucir votre exil.

— Je n'ai aucun regret à avoir, Monsieur, ai-je répondu d'une voix que l'émotion faisait trembler. Etant seule au monde aucun lieu ne m'attache à ce Paris où j'ai vécu et surtout souffert.

Les doux yeux bleus s'assombrirent.

— Pardonnez, Mademoiselle, si mes paroles ont pu réveiller en vous quelques mauvais souvenirs.

Il m'a tendu la main ; je l'ai serrée avec reconnaissance, pressentant un appui, une amitié.

Un accès de toux a mis fin à l'entretien.

M. Pierre est sorti plié en deux, la poitrine déchirée, un mouchoir aux lèvres maculé de sang.

— Pauvre enfant, il est bien malade ! murmura le Marquis ; la phtisie est un triste héritage que sa mère lui a laissé. Enfin ! La mort, c'est la délivrance ; son esprit retournera à la véritable vie.

Et sur cette réflexion philosophique, que je trouvai un peu dure, de la part d'un père, le marquis prit place dans le vaste fauteuil, m'invitant à l'imiter et d'un geste il m'indiqua les journaux.

Je lisais depuis un quart d'heure environ, quand un léger coup frappé dans la porte m'interrompit :

— Bonjour, Monsieur le Marquis.

Une jeune fille entra et vint présenter son front au vieillard qui s'était levé pour la recevoir.

— Bonjour, Suzanne. Votre santé est bonne ce matin ?

— Je vous remercie, Monsieur le Marquis. La vôtre aussi ?

La jeune fille avec une expression d'ennui promena un regard distrait autour d'elle ; elle semblait ne point s'apercevoir de ma présence ; mais je pressentais que ses yeux gris me détaillaient.

— Suzanne, dit le marquis, je voulais vous présenter Mademoiselle.

Les sourcils hautains se froncèrent.

— Ah !... Votre secrétaire ?

Et d'un geste dédaigneux, sa main me désigna.

— Oui, je crois que nous sympathiserons. C'est une jeune fille très simple, d'une éducation parfaite, que de grands revers et de terribles malheurs ont amenée à cette situation.

— Tant mieux, Monsieur le Marquis ; vous n'avez plus rien à me dire ?

— Non, mon enfant. Que faites-vous ce matin ?

— J'ai projeté d'aller avec Pierre faire une promenade à cheval.

— Je crois qu'il faut en dissuader mon fils. Il vient d'avoir un accès de toux et la promenade dans ces conditions serait une grave imprudence.

Suzanne eut un geste d'impatience :

— Monsieur le marquis, vous voyez Pierre beaucoup plus malade qu'il n'est. Il tousse, c'est vrai, mais la promenade ne peut que lui faire du bien.

— Dites, plutôt, Suzanne, que vous n'aimez point à renoncer à ce que vous avez projeté. Votre cœur devrait cependant vous dire que mes paroles sont justes.

Le teint pâle de la jeune fille blêmit.

— Peu m'importe que Pierre m'accompagne ! S'il est malade, qu'il garde le lit ! Félix me suivra.

— Soit, faites-vous accompagner par Félix et dites à Pierre de renoncer à cette promenade.

— Je vais le lui faire dire, répondit-elle dédaigneusement.

— C'est bien, Suzanne ; soyez exacte pour le déjeuner.

Sans m'accorder une parole, la hautaine jeune fille sortit.

— Nature de fer, murmura le Marquis ; rien ne la fera plier !...

Le vieillard poussa un soupir, et sur un signe de lui, je repris la lecture interrompue par cette visite.

J'ai revu Mlle Suzanne et M. Pierre à l'heure du déjeuner, où j'avais ma place marquée à la table de famille, en face de celle occupée par la jeune fille.

En m'apercevant, la barre hautaine des sourcils est apparue, et son visage a pris une expression de surprise dédaigneuse.

Pendant le déjeuner, elle n'a desserré les dents que pour donner des ordres brefs aux domestiques. Dans son attitude, je devinais un blâme ; ma place n'était pas ici, et pour m'épargner de plus sensibles froissements, je l'ai faite le plus modeste possible.

M. Pierre a essayé de me faire sortir de mon mutisme, mais toute tentative a échoué.

Cependant, je devine que ce jeune homme est bon et pitoyable. Je voudrais me confier à lui, en faire mon ami, seule la présence de Suzanne me glace.

D'ailleurs, je le crois très malade. Pourquoi donner un peu de mon cœur à qui doit être si promptement fauché par la mort ? souffrir encore ? Non ! Pas de cœur, pas d'affection, pas de souffrance !...

De toi, ma chère mère que j'ai tant aimée, que me reste-t-il aujourd'hui ? Un souvenir douloureux qui me rend épouvantable la solitude présente.

Le Marquis qui envisage si tranquillement la mort devrait me donner un peu de sa philosophie.

*
* *

Quel homme étrange que ce Marquis ! Maniaque ? Oh ! oui ! Mais ayant une philosophie qui, dépouillée des mesquineries dont il l'entoure, est une source de courage et d'espoir.

Au physique, c'est un vieillard dont l'âge a affaissé la haute taille ; mais qui malgré tout, demeure droit et vigoureux. Ses cheveux épais sont à peine gris, tandis que la barbe qu'il porte longue est toute blanche. Ses yeux bleus, que le temps a ternis, retrouvent parfois leur puissant rayonnement de jeunesse. Le teint est frais, le nez droit et mince. A vingt ans il a dû être fort beau cavalier, et à l'entendre, je crois qu'il a su profiter de cet avantage.

A quarante ans, il épousa par amour, une jeune fille de grande noblesse, mais complètement ruinée, Jeanne de Maindec, dont la beauté, l'intelligence, la bonté sûrent fixer son cœur jusque là volage.

Aussitôt après leur mariage, les jeunes époux quittèrent Paris, et vinrent passer à Nerval leur lune de miel ; mais ce séjour convint si bien à leur amour, qu'ils ne voulurent plus le quitter et s'y fixèrent définitivement.

Deux enfants naquirent de cette union, à quatre années de distance, deux fils : Georges et Pierre ; après sa dernière couche, très difficile, la jeune marquise fut atteinte d'une sorte de maladie de langueur qui bientôt dégénéra en phtisie. Elle mourut après six années de souffrances.

C'est pendant sa longue maladie, que la marquise Jeanne voyant approcher la mort, étudia la philosophie spiritualiste et fit partager sa foi à son mari. Celui-ci, avec son esprit enthousiaste, à la mort de sa femme, tomba dans le fanatisme.

Depuis, le Marquis est un spirite acharné. En toutes choses, il voit l'œuvre des Esprits ; le moindre craquement le fait se recueillir, la moindre vapeur lui semble un fantôme. Il entretient chacun de ces choses étranges, et beaucoup doivent lui croire le cerveau sérieusement atteint.

Il n'est pas de semaine où sous sa dictée je ne rédige un article bizarre, destiné aux journaux spiritualistes. C'est le récit des phénomènes étranges dont il prétend avoir été le témoin du temps de la marquise Jeanne et que produisait une jeune femme anglaise Maud Boysonn, qu'il avait fait venir dans ce but. Tables qui dansent, meubles qui craquent, portes qui s'ouvrent, pianos qui jouent, rien ne manque à la sarabande infernale.

J'en frémis d'épouvante, le soir, dans ma chambre, et j'inspecte avec terreur, les coins d'ombre. Le portrait de ma pauvre mère lui même m'effraie et pour la nuit je le retourne, face au mur, car il me semble dans l'obscurité le voir tout à coup s'illuminer de lueurs phosphorescentes.

Nous recevons et lisons toute la catégorie des journaux relatifs à l'occultisme et au spiritisme : l'Initiation, la Revue Spirite, le Progrès, le Lotus bleu, la Rénovation, l'Humanité Intégrale, la Vie d'Outre-Tombe, l'Echo du Merveilleux, etc., etc. Jamais je ne me serais imaginée autrefois qu'autant de publications eussent trait à cette doctrine dont j'ignorais le premier mot.

Pierre semble avoir, en partie, les mêmes croyances que son père ; mais Suzanne en sourit dédaigneusement. L'égalité est un mot vide de sens pour elle. Une pareille créature est forcément supérieure aux autres.

C'est vrai qu'elle est belle ! grande, avec des épaules larges, une taille fine, des hanches fortes, elle a, sur ce corps sculptural une tête qui serait adorable, si l'expression en était autre. Sa chevelure brune est splendide, ses yeux bleus sont très grands, bordés de longs cils, mais leur regard est dur, ses lèvres rouges auraient le plus beau des sourires si un peu de douceur venait s'y mêler.

Elle est la fille de la seconde femme du marquis de Nerval, que celui-ci épousa dix ans après la mort de Jeanne de Maindec. La nouvelle marquise était veuve et avait une fille : Suzanne de Bernon.

La Marquise est morte à son tour, il y a cinq ans, et, sans famille, la jeune fille demeure près de son beau-père.

Pas une fois, depuis mon arrivée, elle n'a paru s'apercevoir de ma présence, jamais elle ne m'a adressé la parole. Je demeure à l'écart ; mais je garde toute ma dignité.

* * *

Georges ! Georges ! Ici, je n'entends que ce nom et j'ai sans cesse devant les yeux, évoquée par les paroles de ceux qui m'entourent, l'image de ce quasi-héros.

Son père l'adore, son frère l'adore, Suzanne elle-même... eh ! bien, oui, je crois qu'elle l'adore aussi.

Ce nom a le don de faire rosir son pâle visage, d'adoucir la flamme de ses yeux, d'attirer un sourire de douceur sur ses lèvres.

Quel héros de roman est-il donc, cet homme ! De lui, le marquis possède un portrait avant son premier voyage, alors qu'il n'était encore qu'une adolescent élégant et distingué.

C'est un beau garçon, grand, mince, le teint est pâle, le nez droit ; les yeux bruns sont très grands, tout à la fois caressants et volontaires, la bouche, à peine estompée d'une ombre brune, a une telle grâce dans le sourire qu'elle semble uniquement faite pour les paroles d'amour.

Il est resté vingt ans dans ce château où il a été

élevé, puis brusquement il l'a quitté pour s'en aller loin, au fond de l'Afrique, oublier quelque rêve ou cicatriser quelque blessure.

De son frère, M. Pierre ne tarit pas d'éloges, et bien souvent le soir réunis dans le salon, en face du feu qui y répand sa tiédeur, s'évoque le héros ; Georges de Nerval.

Suzanne demeure attentive alors, et sa voix brève parfois interroge.

Cette froide et dure créature serait-elle destinée à être la compagne de cet être ardent et généreux ?

Cette antithèse me semble un sacrilège !

*
* *

Mais depuis un mois que je suis ici et que j'ai pris l'habitude d'écrire ce journal je m'aperçois que j'ai beaucoup parlé des autres et bien peu de moi.

C'est que la voix de mon cœur est toujours désolée et que mes confidences seraient les échos de la douleur. Très vaillante, je tâche de ne point l'écouter; je pense aux autres, espérant m'oublier. Mais, je le sens, malgré la symphatie qui m'entoure, je suis une étrangère, je suis une isolée, et dans ce grand château, je me trouve bien petite, bien seule !

Il n'a pourtant rien d'antique et d'effrayant ce manoir ! Le vieux château de Nerval a été détruit par un incendie sous le règne de Louis-Philippe. Il a été reconstruit presqu'aussitôt d'après le style italien, très en vogue à l'époque. C'est une moderne demeure. De beaux parterres et une grille en fer forgé le séparc de la route ; derrière s'étend un immense jardin suivi d'un parc qui se déroule en pente douce jusqu'à la rivière de l'Orne.

L'été, le séjour ici doit être enchanteur.

J'occupe au deuxième, une chambre donnant sur le parc. Celle-ci est coquette, toute blanche avec des tentures, des tapis, des papiers où fleurissent des roses. Il ferait bon y rêver ; mais pour moi, je m'y trouve comme un mourant au milieu d'une fête... D'ailleurs à cette saison, je n'aperçois du parc que des arbres nus d'où tombent les dernières feuilles jaunies et je n'entends que la voix du vent qui tourbillonne autour du château.

Triste ! Triste ! l'hiver !

*
* *

Noël — Un Noël de campagne tout blanc. Hier soir, la lune qui brillait dans le ciel pâle et froid inondait le parc de sa lumière fantômale. Très vite, avant que la nuit ne fut venue, j'avais fermé les grands rideaux des fenêtres de ma chambre, afin de ne pas apercevoir ce paysage où les ombres se dessinent violemment. De mon enfance, j'ai gardé une impression désagréable, une sorte d'effroi de cette blanche lumière. Il me semble qu'à sa lueur, je vais apercevoir des spectres. Et dans ce château peuplé des revenants qui hantent l'esprit du vieux marquis, ma peur redouble.

Le soir, réunis dans la grande salle à manger, autour du feu qui brûle sans flamme, les visages noyés

R.F.

dans l'ombre qu'une lampe ne parvient pas à éclairer, nous demeurons tristement silencieux.

M. Pierre, très pâle avec les pommettes rouges, paraît plus souffrant, Mlle Suzanne garde son silence hautain et désapprobateur pour ma présence, le vieux marquis affaissé dans son vaste fauteuil ressasse ses souvenirs étranges.

— Quel triste Noël nous nous préparons à fêter, murmure M. Pierre essayant de soulever ce lourd silence. Père, pourquoi ne nous parlez-vous pas ?

Parfois, en effet, c'est le vieux spirite qui ramène la gaieté dans la sombre demeure. Il conte bien et son esprit est orné de nombreuses anecdotes, qui, sur ses lèvres, ont toujours quelques saveurs.

Libertin — en souvenir ! — il narre les histoires de ses vingt ans, alors que joyeux viveur, il fêtait à Paris, le vin et les femmes.

Ramené au présent par la voix de son fils, il promène son regard distrait sur nous.

— Je songeais au dernier Noël, que ta pauvre mère a vécu, Pierre, et aux phénomènes étranges qui l'ont marqué.

Et il reprend sa marotte chère ;

— Comme ce soir, nous étions réunis dans cette pièce : la marquise, Maud notre médium, et moi. Jeanne était déjà bien malade... La médium, ce soir là, se sentait, elle aussi, dans un état d'affaissement qui faisait pressentir qu'une crise était proche... Je l'étendis sur ce canapé, je lui fis quelques passes magnétiques et bientôt elle fut plongée dans le sommeil. Après un calme relatif, elle poussa des gémissements, ses membres se tordirent en d'affreux désordres, tandis que des coups violents retentissaient dans la table qui est là près de nous... D'un geste machinal, Maud faisait signe d'enlever la lampe. Je l'éteignis, et nous restâmes dans une obscurité que le feu seul rendait moins noire... Alors, un véritable sabat eut lieu dans la pièce : les coups redoublèrent de force, des lueurs étranges se dégagèrent de la médium, une main glacée m'effleura le visage, des accords sourds, lugubres, furent plaqués sur le piano, dans la pièce voisine, dont nous n'étions séparés que par une simple portière. Bien qu'habitué à ces sortes de choses, j'allai constater, par moi-même, que personne n'était assis devant l'instrument... Non, rien, et cependant les notes continuaient de vibrer sous des doigts invisibles. Jeanne un peu émue, était demeurée étendue sur la chaise-longue, près du feu; la médium sur le canapé, gémissait toujours.

La lueur phosphorescente qui se dégageait d'elle, se condensa alors, prit au-dessus d'elle un semblant de forme humaine, et tandis que le piano jouait la Marche funèbre de Chopin, la voix de Maud, mais extraordinairement transformée, une voix de spectre clama. — Je suis l'*Esprit de la Mort !*

Un silence effrayant suivit ces paroles. Puis, peu à peu, la médium reprit ses sens, je fis de la lumière, et Jeanne avec un grand frisson, murmura. — C'est étrange, mais bien lugubre !

Un mois plus tard, jour pour jour, le 24 janvier, la Marquise s'éteignait doucement, dans l'extase.

En entendant ce fantastique récit je frissonnai. Plus que le froid de ce soir d'hiver, cette histoire m'avait glacée.

M. Pierre s'en aperçut.

— Votre récit est bien étrange, mon père, mais bien lugubre. Je suis sûre que cette jeune fille, peu habituée à nos croyances, est terrifiée. N'est-ce pas vrai, Mlle Magdeleine?

Sa main rencontra ma main froide et la serra. Cette preuve de sympathie me réconforta un peu.

— Oui, dis-je, je l'avoue, j'ai été émue.

— Pour nous remettre un peu en joie, voulez-vous, Suzanne, nous faire servir du thé?

Les lèvres hautaines se pincèrent.

— Vous pourriez donner vos ordres, à Mademoiselle, répondit-elle froidement, en me désignant d'un geste.

Dans l'ombre je blêmis.

— Suzanne, vous vous trompez, reprit Pierre, si j'avais des ordres à donner ce n'est ni à Mademoiselle, ni à vous que je les donnerais, mais je sonnerais un domestique. C'était une prière amicale que je vous adressais; vous n'avez pas su l'entendre; c'est à Jean que je vais donner *mes ordres*.

Quelques minutes plus tard nous prenions le thé. Les candélabres de la cheminée allumés avaient dissipé les ténèbres inquiétantes; tandis que la liqueur d'or fumait dans les tasses, le Marquis s'était dépouillé du spirite, il était redevenu, l'ex-don Juan, et nous racontait un des joyeux Noël de sa jeunesse, un de ces soupers à la Maison Dorée, où l'esprit pétillait plus encore que le champagne.

L'*Ombre de la Mort*, heureusement s'était évanouie.

*
* *

Ce matin, premier jour de l'année, je me suis réveillée si triste, qu'involontairement ma pensée a évoqué la consolation et l'appui de mon enfance : la religion!... Pour la première fois depuis que je suis ici, j'ai pénétré dans la petite église du village. Très humble, très pauvre est ce temple : demeure digne de celui qui naquit sur la paille, et mourut sur la croix. La première messe, celle de sept heures, allait finir; à l'autel, un prêtre en cheveux blancs, l'air vénérable bénissait les fidèles : quelques paysannes levées tôt, avant que les mioches ne fussent réveillés.

Agenouillée au milieu d'elles, la tête dans les mains, je suis demeurée longtemps prosternée, rêvant au passé.

Quand j'ai quitté l'église, une heure au moins s'était écoulée. Me souvenant de ma mère qui reposait loin de moi, dans le banal cimetière parisien, je suis entrée dans le cimetière qui entoure l'église, et me suis dirigée vers la sépulture des Nerval. C'est là que repose la marquise Jeanne, la mère de Monsieur Pierre, cette douce créature qui s'est éteinte si prématurément et dont le souvenir charmant a laissé de sa grâce dans le manoir qui l'abrita. Je me suis inclinée devant la haute croix de marbre noir, et j'ai prié.

Une voix me tira de ma rêverie :

— Mademoiselle Magdeleine.

Je reconnus l'accent doux, presque enfantin de M. Pierre.

— Vous, ici, ajouta-t-il ; je ne m'attendais pas à vous y rencontrer.

— Je viens de l'église, et comme je suis éloignée du tombeau de mes chers morts, je me suis agenouillée sur cette tombe.

— Vous avez eu raison, l'esprit de celle qui y repose, ne peut que vous protéger. Elle était si bonne, ma mère !

Une larme d'attendrissement brilla dans ses yeux bleus.

— Mais, questionna-t-il, vous êtes donc pieuse ? Mademoiselle Magdeleine.

— Je l'ai été, et je voudrais le redevenir.

— Pourquoi ?

— Parce que la vie me semble trop lourde à porter seule.

— Pauvre enfant, vous trouvez-vous donc si malheureuse parmi nous ?

— Je suis aussi heureuse qu'on peut l'être quand on a vingt ans et que l'on est seule au monde !

Une expression de pitié se peignit sur le visage de M. Pierre. Il me prit les mains :

— Pourquoi au lieu d'aller chercher Dieu qui est si haut, si loin, ne pas me demander d'être votre ami ?

Le ton ne me permettait pas de douter de la pureté de l'intention. D'ailleurs, M. Pierre ajouta :

— Voyons, mon amie, voulez-vous me permettre ce titre, dont je me crois digne, car malgré ma jeunesse, la souffrance, la mort prochaine me rendent très vieux.

Un sourire d'une navrante tristesse errait sur ses lèvres; par ce sourire, je fus conquise :

— M. Pierre, je vous remercie du fond du cœur et j'accepte; mais elle serait bien triste l'amitié que vous m'offrez, si je portais sur elle, le même jugement que vous.

Il secoua la tête.

— Vous avez tort, Mlle Magdeleine, de vouloir me tromper sur mon état. Vous ne m'illusionnerez pas plus que vous ne vous illusionnerez vous-même... Aussi par cela même que vous savez qu'elle est destinée à périr si vite, faites que notre amitié soit très douce. Nos cœurs sont faits pour se comprendre ; tous deux, nous souffrons de l'absence d'affection. J'ai mon père : mais à mon âge, le cœur est si vivace, les sources de tendresse si tumultueuses ! Cependant ma maladie me défend tout rêve d'avenir ! J'aurais voulu avoir une sœur... j'ai besoin d'une douceur féminine près de moi. — Et vous savez bien, ajouta-t-il, que ce n'est pas Suzanne qui peut me donner cette illusion.

En parlant, nous avions repris le chemin du château. Arrivés à la grille, le jeune homme s'effaça pour me laisser passer. En levant les yeux sur la maison, mes regards rencontrèrent ceux de Suzanne qui épiait derrière le rideau de sa fenêtre. Qu'allait-elle penser?

Je ne la revis qu'à l'heure du déjeuner; à l'expression de ses yeux, je compris quelles pensées méchantes étaient nées dans son esprit.

D'ailleurs, très vite, elle ouvrit le feu :

— Toutes mes félicitations, Pierre; il paraît que l'année nouvelle vous a donné la santé? ou que les beaux yeux de Mademoiselle — avec quel ton méprisant a-t-elle dit ces mots! — ont des pouvoirs que les miens n'ont jamais eus?

M. le marquis a levé la tête et m'a regardée. Sous ce regard, j'ai rougi comme une fautive; mais Pierre lui, n'a pas perdu son assurance. Pour la première fois, j'ai vu une expression dure passer dans ses regards.

— Suzanne, vous savez fort bien que vous parlez sans savoir, et que vous vous trompez. Un heureux hasard m'a fait rencontrer Mademoiselle Magdeleine, mais j'ose le dire, sans crainte de la froisser, c'est un devoir plus impérieux que celui d'être son cavalier, qui m'a fait sortir tôt, ce matin. — Je suis allé chez les Chevallier, ajouta-t-il en se tournant vers son père.

— Ah! tu as bien fait? Et comment va Blanche?

— Mieux. En dehors de ma présence, elle est plus

calme maintenant, et n'a pas les idées de suicide qui autrefois la hantaient sans cesse.

— Elle te témoigne toujours la même affection ?

— Oui ; dans son propre cerveau, ma personne s'est identifiée à celle du mort. Et c'est lui qu'elle voit en moi.

— Drôle de phénomène que n'explique aucune théorie spiritualiste...

Le vieux Marquis retournait à sa chère marotte, M. Pierre voulut l'en détourner et s'adressant à moi :

— Nous parlons d'un triste événement qui s'est passé dans le pays, au début de l'année dernière. Une jeune fille charmante à tous les points de vue, fille d'honnêtes jardiniers du pays, est devenue subitement folle à la suite d'un affreux malheur. Fiancée, à un ami d'enfance, garde-chasse du vicomte de Siamère (*), dont le château est voisin, ce jeune homme a été tué par un braconnier, la veille de son mariage. Blanche n'a pu supporter cette douleur ; elle a perdu la raison. Depuis, désespérée, ayant conscience de son malheur, elle n'a qu'une pensée : se tuer. Par un singulier et heureux hasard dont nous nous entretenions tout à l'heure ; depuis peu, elle croit voir en moi le mort bien-aimé et le médecin espère beaucoup en cette conviction pour la sauver. Je me prête à ce rôle et deux fois par semaine je vais visiter les Chevallier.

(*) Voir le *Journal d'une Amoureuse* : même collection.

— C'est une bonne action que vous accomplissez là, Monsieur.

— Si vous le vouliez, vous pourriez m'accompagner dans une de ces visites, Mademoiselle.

— Je vous remercie, Monsieur; je serai très heureuse de voir cette pauvre enfant bien que sa maladie réveille en moi de tristes souvenirs.

Le Marquis et Pierre m'ont interrogée du regard :

— Oui, expliquai-je, mon pauvre père est mort fou.

Une expression de pitié passa sur le visage du jeune homme.

— Pardonnez-moi, Mlle Magdeleine, d'avoir réveillé dans votre cœur ce triste souvenir. Vraiment je n'ai pas de chance, je vous attriste toujours.

A cette nouvelle preuve de sympathie, les hautains sourcils de la belle Suzanne se froncèrent, et tandis que chacun cherchait à détourner la conversation du pénible sujet où elle avait glissé, la jeune fille y revint brutalement.

— Je ne crois pas que la folie puisse réellement guérir, dit-elle, et celui qui aurait été fou m'effraierait toujours. — D'ailleurs cette maladie est *héréditaire*, ajouta-t-elle en me lançant un regard mauvais. Les enfants de fous ne sont pas d'un voisinage rassurant.

Le Marquis, d'un geste autoritaire l'interrompit.

— Le tact devrait vous apprendre, Suzanne, qu'il est certaines appréciations que l'on doit garder pour soi. D'ailleurs votre jugement est complètement faux.

— Je vous remercie, M. le marquis, dis-je la gorge serrée et le teint blêmi ; mais ce jugement ne me touche pas... Si, ajoutai-je, le marquis d'Arvey, mon père, a perdu la raison, c'est à la suite d'une terrible catastrophe et j'espère que dorénavant ma vie est à l'abri de pareils malheurs.

L'après-midi qui a suivi ce déjeuner a passé monotone. Suzanne n'a pas quitté le boudoir précédant sa chambre, le Marquis s'est plongé dans la lecture de « Après la Mort » du spirite militant Léon Denis, et moi, j'ai erré de ma chambre au salon du rez-de-chaussée où se trouve un piano qui enthousiasme mon âme d'artiste.

Depuis la mort de ma pauvre mère et les adieux forcés à mon cher piano, je n'ai pas fait de musique.

Au crépuscule, incapable de résister à l'impulsion qui me poussait, je me suis approchée de l'instrument, je l'ai ouvert et je me suis grisée de musique.

Elle fut la merveilleuse incantation qui ferma les plaies de mon cœur. Le tabernacle qui, ce matin, brillait entre les cierges allumés, était demeuré sourd à mes prières, le piano, lui, répondit à mon appel, il m'emporta dans une ivresse divine, loin du présent maudit et de la terre où j'avais tant souffert.

Où étais-je ? Je n'en savais rien. Mon corps n'existait plus ; le château, ses habitants, ses fantômes avaient disparu. J'étais transportée dans un monde inconnu, où mes rêves florissaient, s'incarnaient, devenaient réalités ; où tout disparaissait en face de la splendeur de l'infini qui s'étendait devant moi.

Quand la dernière note résonna sur l'instrument, comme une somnambule que l'on réveille brusquement, je ressentis un grand ébranlement.

Un instant, je demeurai étourdie, puis le sentiment de la réalité me revint peu à peu. Confuse de ma hardiesse, je me levais pour me retirer, quant à ma grande confusion, j'aperçus le Marquis et M. Pierre, assis derrière moi sur le canapé. Immobiles et muets, ils paraissaient encore sous le charme. Mlle Suzanne elle-même se dissimulait mal derrière la portière du salon.

— Vous êtes une inspirée, petite, me dit enfin le Marquis, semblant troubler à regret le silence de recueillement qui avait succédé à la mélodie. Votre jeu tout à l'heure était supra-terrestre. Je n'ai jamais entendu pareille harmonie. L'esprit des Grands Maîtres a dû descendre en vous.

Pierre qui semblait plongé lui aussi dans une sorte d'extase, se leva, me serra la main et m'attira près de lui, en un geste de sympathie.

— Magdeleine (c'était la première fois qu'il m'appelait ainsi) quelle artiste vous êtes ! Je n'ai jamais entendu rien de plus beau que ce que vous avez joué tout à l'heure. Quelle sensibilité est la vôtre, pour traduire si délicatement les sentiments les plus divers.

— Je suis confuse, murmurai-je, je vous demande pardon, Monsieur le Marquis.

— Pardon ! mais vous êtes folle, petite. Je ne demande qu'une chose, c'est que les bons Esprits veuillent venir souvent nous visiter ainsi. C'était sublîme, ma chère enfant, sublîme !... Quand cette harmonie a retenti dans ces murs qui depuis longtemps n'avaient entendu que les secs accords de Suzanne, tous nous avons obéi à la même impulsion : nous sommes venus près de vous.

— Monsieur le Marquis, je vous remercie de votre indulgence, murmurai-je. Et incapable de surmonter la surexcitation nerveuse dont j'étais la proie, j'éclatai en sanglots.

Le Marquis et M. Pierre s'empressèrent autour de moi, mais ce dernier comprit qu'il me fallait surtout du calme.

— Mon père, dit-il, Mlle Magdeleine est très surexcitée, voulez-vous lui permettre de se remettre un peu.

— Mais, certainement, mon fils, nous allons nous retirer.

Instinctivement, je serrai la main de Pierre pour le retenir. J'avais besoin de sympathie.

Demeurés seuls, nous restâmes un instant silencieux, puis Pierre, tenant toujours ma main dans les siennes, murmura :

— Si vous saviez, Magdeleine, comme chaque jour me fait davantage votre ami ; quelle estime j'ai pour vous, et aussi quelle pitié vous m'avez inspirée dès le premier jour, quand mes imprudentes paroles ont réveillé vos douleurs. Il y avait une telle expression de désespoir dans votre réponse, qu'ignorant encore presque tout de votre existence, j'ai compris que vous aviez beaucoup souffert.

— Vous ne vous trompiez pas... Enfin, j'ai ici un bonheur relatif, je suis à l'abri du besoin ; Monsieur le Marquis et vous êtes bon pour moi ; j'aime cette campagne qui l'été doit être bien belle...

— Pauvre petite, et satisfaite du présent, vous acceptez l'avenir ?

J'eus un frisson.

— L'avenir ? Ne m'y faites point songer.

— Pourquoi ? Nul ne peut le prévoir, et à un cœur de vingt ans l'avenir apparaît toujours ensoleillé. On l'a dit justement : L'Espérance et le Rêve sont pour le bonheur l'éternel printemps. Magdeleine, permettez à la Fée Blonde de venir vous visiter. C'est une amie volage et mensongère, mais les instants que vous passerez en sa compagnie seront d'heureux instants.

— Oui, mais la Fée Noire des heures de désespoir reviendra elle aussi.

— Comme revient l'Hiver auquel déjà sourit le Printemps. C'est l'éternelle chanson !

— Hélas, je n'ai que des ruines et des morts autour de moi !

— Le voisinage est-il donc si effrayant ? Les ruines sont peuplées de souvenirs et les morts sont des vivants.

— Vous croyez vraiment à la survie ?

— Oui, je crois que l'âme humaine n'a ni commencement, ni fin, qu'elle ne meurt jamais et passe de monde en monde comme l'humanité passe et se transforme de génération en génération.

— Si vous pouviez m'en convaincre !

— Je le voudrais et je m'y emploierai de tout mon pouvoir, car cette croyance qui me donne le courage d'accepter la Mort, vous donnerait à vous le courage d'accepter la Vie. Mais, si je ne puis vous faire adopter ma philosophie, je veux vous faire accepter mon amitié... Je veux que le charme qui émane de vous rayonne sur mes derniers jours, je veux que dans votre cœur, mon image soit gravée, et que votre pensée me rappelle plus tard au souvenir de cette terre, où j'aurai très peu vécu, mais un peu aimé...

Il a dit cela d'un ton si résigné et cependant si triste que j'ai saisi sa main, que je l'ai appuyée sur mon cœur, lui disant avec toute la spontanéité de ma nature.

— Pierre, mon frère, il m'est doux aussi, de vous aimer, de trouver appui en vous. J'accepte votre amitié et je vous accorde la mienne pleinement...

Il m'a souri, a pris ma main et l'a baisée.

— Maintenant, m'a-t-il dit, je me retire; si Suzanne nous savait ensemble, sa jalousie ne nous ferait grâce d'aucune supposition malveillante. Bon courage, Magdeleine, souvenez-vous de notre amitié. A tout à l'heure.

Oubliant l'obscurité qui m'entourait et la peur des fantômes, je suis demeurée longtemps rêveuse le cœur tourmenté d'angoisse.

L'affection de Pierre pour moi ressemble beaucoup plus à l'amour qu'à l'amitié... Quant à la mienne, elle est fraternelle, presque maternelle. Ce Pierre a la douceur d'une femme, la faiblesse d'un enfant ; je voudrais guérir son mal affreux, le disputer à la Mort ; mais mon cœur, à moi, Dieu merci, ne bat que d'amitié ; c'est trop encore ; ma vie est vide d'affection ; pourquoi m'attacher à cet être condamné qui ne verra peut-être pas finir cette année. Pourquoi paver ma vie de tombeaux ? Mais hélas la femme ne raisonne pas son dévouement, ne compte pas avec son affection. Pour être heureux, cet enfant a besoin de mon cœur, je le lui donne.

*
* *

Des lettres... Dans mon exil Paris ne m'a pas tout à fait oubliée. Mme de Séné, ma protectrice, m'envoie ses conseils et ses encouragements, et sa fille Louise, mon élève, m'annonce ses heureuses fiançailles en les termes simples et gentils, de celles qui n'ayant jamais connu la souffrance, ne s'étonnent pas de leur bonheur. Heureuse jeune fille !

Le docteur Silvain (*) un ami de Mme de Séné, le médecin qui est venu constater la mort de ma mère, m'adresse aussi un souvenir affectueux. La lettre de ce jeune homme semble émaner d'un vieillard. Une très grande douleur a dû bouleverser sa vie et imprimer sur son visage ce masque de souffrance qui

(*) Voir *L'Amour Coupable*, même collection.

l'idéalise. Si j'étais demeurée à Paris, j'eusse voulu l'avoir comme ami ; il doit être le médecin des âmes.

Enfin un long monologue de la mère Godard. La brave femme elle aussi se souvient de mes souffrances et de ma solitude, et elle m'écrit quatre grandes pages où, dans la banalité des phrases, je reconnais cependant son grand cœur. Cette lettre n'est que la copie d'un de ses longs monologues car, à maintes reprises, elle oublie que c'est à moi qu'elle écrit pour parler de moi, comme d'une troisième personne. « La pauvre demoiselle, elle doit être bien seule et bien triste, etc. »

Mais qu'importe, cette lettre a été très douce à mon cœur, car elle vient de celle qui a recueilli le dernier soupir de ma pauvre mère et à qui là-bas j'ai confié l'entretien de son tombeau.

Dans ma réponse, j'enfermerai quelques violettes — les fleurs qu'elle aimait— et je prierai la bonne concierge de les déposer sur la tombe où je ne puis aller m'agenouiller.

*
* *

Reçu aujourd'hui, la visite de nos voisins, le vicomte et la vicomtesse de Siamère (*).

Ils habitent là toute l'année, vivant très retirés, dans le regret de l'enfant qu'ils n'ont pas ; lui s'occupant de ses terres, elle, visitant les pauvres, travaillant pour eux, cherchant à combler le vide de sa vie... et de son cœur peut-être !

(*) Voir *Le Journal d'une Amoureuse*, même collection.

R.F.

J'ai compris cela aux quelques paroles que cette jeune femme m'a adressées. Ma solitude semblait attirer sa sympathie. Dans le salon, où sur l'invitation du Marquis, j'étais demeurée, la Vicomtesse s'est rapprochée de moi.

— J'ai entendu parler de vous, Mademoiselle, par le Marquis, m'a-t-elle dit de sa voix douce, comme voilée, et depuis, je désirais vivement vous connaître, car moi aussi je n'ai pas toujours été heureuse et votre histoire ressemble à la mienne sur plus d'un point.

Touchée, je l'ai remerciée de l'intérêt qu'elle me témoignait. Elle ajouta :

— Vous avez bien fait de quitter Paris ; on y souffre plus qu'ailleurs.

— C'est vrai, Madame. Tandis que la paix de la campagne est un avant-goût du calme de l'au-delà.

Un sourire a glissé sur ses lèvres.

— Je vois que vous profitez des prêches du Marquis, répliqua-t-elle. Vous voilà convertie au spiritisme !

— Je le voudrais, Madame, car il console les vivants en leur faisant croire à la présence des morts. Et tous ceux qui m'ont aimée dorment maintenant au cimetière.

— Tous ! Non. Car, moi déjà je vous aime, et je suis certaine que nous deviendrons deux amies. Quand vous aurez deux heures de liberté, venez me voir ; je suis très seule... et vous aussi sans doute ?

Cette promesse d'amitié a été pour moi comme la brise tiède qui est la première caresse du printemps.

*
* *

Ce matin, grand événement : une lettre de Georges de Nerval, le fils aîné du Marquis, le héros de la famille. Cette lettre a été écrite au moment où il quittait l'Inde pour revenir en France, parmi nous.

A la nouvelle de son retour, tous les visages ont rayonné et celui de la froide Suzanne a pris les tons d'une rose éclatante. Elle en a même oublié son dédaigneux silence et a causé de Georges, pendant toute la durée du déjeuner.

Je me réjouis, moi aussi, de ce retour qui ramène la joie dans cette sombre demeure. D'après ce que je sais, c'est un ami qui revient et Georges sera pour moi le frère de Pierre.

Avec ce dernier, je vis des heures très douces, dans une intimité toute fraternelle. Le printemps, nous permet maintenant quelques promenades autour de la maison, dans le parc. Après le déjeuner, avant que je ne reprenne ma tâche de lectrice, Pierre vient me retrouver et nous passons ensemble des minutes charmantes.

— Magdeleine, m'a dit Pierre, cet après-midi, vous souvenez-vous de notre rencontre matinale, le premier jour de cette année ? Ce jour-là, j'ai été assez malheureux pour réveiller en vous un des plus mauvais souvenirs de votre vie ; aussi n'ai-je jamais voulu vous en reparler depuis. Cependant, je désire que vous connaissiez mon autre sœur en souffrance, Blanche, la pauvre fille dont je vous ai parlé alors.

— Comment va-t-elle ?

— Sa folie est devenue très douce. Elle continue à me prendre pour le mort et à se croire ma fiancée. J'ai prié sa mère de l'amener cet après-midi, non au château, elle s'y trouverait trop dépaysée, mais chez le père Jean, le jardinier. Elle va bientôt être ici ; voulez-vous que nous nous rapprochions ?

— Certainement, Pierre, car je serai très heureuse de voir la pauvre enfant.

Au détour de l'allée qui nous conduisait à la maisonnette du père Jean, nous entendîmes appeler : Marcel !

— C'est elle ! dit Pierre.

Une jeune fille s'avançait vers nous, d'une beauté si pure, si angélique, que l'on aurait dit un de ces esprits de lumière qui, selon le Marquis, vinrent autrefois visiter le domaine.

Elle était grande et souple, avec d'admirables cheveux blonds qui auréolaient un visage dont chaque trait était une perfection. Le teint était blanc et rose, les lèvres purpurines, les dents éclatantes, les narines du nez délicat frissonnaient à chaque aspiration et les yeux bleus, dans leur fixité, semblaient rayonner d'extase.

— Quelle est belle ! dis-je à Pierre.

— Marcel ! répéta la jeune fille, en accourant près du jeune homme avec un cri joyeux, et en l'entourant de ses bras.

— Blanche ! répondit celui-ci en la serrant sur son cœur.

Il la baisa au front, puis, la tenant toujours serrée contre lui, il vint à moi, et me présenta.

— Ma sœur Magdeleine, tu sais, dont je t'ai parlé si souvent.

La jeune fille demeura un instant silencieuse, semblant chercher dans ses souvenirs.

— Oui, dit-elle enfin, je me souviens, Magdeleine, qui était en voyage, depuis longtemps.

Et elle me sourit.

Je l'attirai dans mes bras et l'embrassai affectueusement.

— Et ta maman? questionna Pierre.

— Elle est chez toi. Moi, je n'ai pu t'attendre ; en entendant ta voix, je suis venue.

— Tu as bien fait. On n'est jamais trop vite ensemble. Comment vas-tu ?

— Bien.

— Ta tête ne te fait plus souffrir?

— Encore un peu. Quand tu n'es pas là, il me semble toujours que je ne te reverrai pas ; alors, tu sais, mes pensées tournent, tournent, cela me donne la fièvre.

— Pauvre petite ! pourquoi te tourmenter ainsi? Tu vois bien que tu me retrouves toujours.

— C'est vrai... Je ne sais pas.

Nous étions arrivés à la maison du père Jean.

Sur le seuil, une femme attendait, vêtue simplement, l'air triste et bon ; c'était la mère de Blanche.

Pierre me la présenta :

— Madame Chevallier.

— Comme votre fille est belle, dis-je en lui serrant la main avec compassion.

Elle soupira tristement.

— Oui, et si bonne ! Quel malheur ! Mademoiselle !

— Elle guérira, fit Pierre en se rapprochant.

La mère haussa les épaules d'un air de doute :

— Ah ! puissiez-vous dire vrai !

— Elle va mieux ? questionnai-je.

— Oui, grâce au dévouement de M. Pierre. Oh ! le bon Monsieur ! si vous saviez, Mademoiselle.

Les larmes lui coupèrent la parole.

Pendant ce dialogue, Blanche avait exploré la pièce où nous nous trouvions. Elle revint à Pierre et s'appuyant à son bras :

— C'est gentil chez toi, Marcel. Pourquoi ne veux-tu pas que je vienne y vivre ? Je serais si heureuse de rester près de toi ! de ne plus te quitter !... Je ne souffre que lorsque tu es loin de moi, car je crains toujours, toujours, tu sais... Oh ! le vilain cauchemar de ce coup de fusil entendu, de cet assassinat entrevu je ne sais plus où et qui ne peut s'effacer de ma pauvre cervelle. Pourquoi ai-je rêvé cela ? Mais pourquoi aussi notre mariage est-il toujours reculé ?

— Parce que le docteur veut que ta santé soit meilleure, tu le sais bien. Il faut guérir complètement avant de songer à être ma femme.

Elle eut un geste découragé :

— Oui, je voudrais bien ; mais...

Elle se prit la tête dans les mains, cherchant à ressaisir ses pensées en détresse.

Une quinte de toux, de cette toux qui déchire l'âme de ceux qui l'entendent, vint secouer la poitrine de Pierre.

Blanche aussitôt sortit de son rêve pour venir près de lui.

— Toi aussi, Marcel, tu es malade, dit-elle anxieuse. Mon Dieu ! il faut te soigner, te guérir.

— Oui, oui, fit Pierre, les yeux encore pleins de larmes, ne t'inquiète pas, je guérirai.

Et ainsi, en berçant par nos paroles la douce folie de la jeune fille, nous fîmes le tour du parc. Puis, Pierre les accompagna jusque chez eux, tandis que je rentrais au château, appelée par mes devoirs de secrétaire.

Ce soir, après le dîner, Pierre et moi avons parlé de Blanche.

— Il n'y a donc aucun espoir de la guérir? interrogeai-je anxieuse comme s'il se fut agi d'une sœur.

— Hélas si, peut-être y arriverions-nous en réalisant son rêve le plus cher : notre mariage... J'y ai songé bien souvent, mais plus j'étudie ce projet, plus il me paraît irréalisable. Ce n'est pas les préjugés du nom et de la position sociale qui me retiennent ; la vie d'une créature humaine doit être mise au-dessus de ces mesquineries et Blanche est la plus pure, comme la plus belle des fiancées. Non, le véritable obstacle, c'est la phtisie qui me tue... — Et, rendre Blanche à la raison pour la rendre à la souffrance, ce serait vraiment cruel ; mieux vaut qu'elle demeure dans l'oubli. Aimez-la bien, Magdeleine, et quand je ne serai plus, ne l'oubliez pas.

. . . .

Mon Dieu, sur votre terre, que d'infortunes !

*
* *

Depuis l'annonce du retour de Georges, Suzanne redouble d'insolence à mon égard. Je ne veux m'en plaindre ni au marquis, ni à Pierre ; mais j'en souffre effroyablement.

Profitant de l'autorisation du Marquis, parfois, le soir, pendant l'heure qui précède le dîner, je fais un peu de musique, ayant grand soin de choisir le jour où Suzanne est éloignée. Souvent, aux premiers accords, Pierre se glisse dans le salon, et muet écoute la mélodie. Avant hier, plus souffrant que d'habitude, il n'avait pas quitté sa chambre.

Attristée, je me dirigeai vers le piano. J'avais à peine joué quelques mesures, qu'avec fracas les portes s'ouvrirent et Suzanne parut.

— A la fin, c'est insupportable, cria-t-elle ; on ne peut reposer une heure sans être assourdie par cette musique détestable ! — Décidément, Mademoiselle, laquelle de nous doit être maîtresse ici ?

Aux premiers mots, je m'étais levée. Très pâle, mais calme en apparence, je répondis :

— Ni l'une, ni l'autre, Mademoiselle. M. le Marquis est seul maître de Nerval.

En entendant ces paroles, Suzanne bondit :

— Cependant, j'estime que vous ne nous croyez pas égales!

Je répliquai toujours calme :

— Non; mais cela ne veut pas dire que l'une soit de tout point inférieure à l'autre.

Un diabolique sourire éclaira le visage de mon ennemie :

— Certes, sur certain point, vous m'êtes supérieure, Mlle d'Arvey. Par exemple je n'ai pas votre habileté pour circonvenir les gens. Ni la vieillesse, ni la maladie ne vous répugnent, quand il s'agit de leur fortune. Que ce soit le Marquis — il a soixante-dix ans! — ou Pierre — il est mourant! — peu vous importe, pourvu que vous soyez un jour Marquise ou Vicomtesse de Nerval!

Je bondis sous l'insulte du soupçon; mais par un effort surhumain, je parvins à me maîtriser et je répliquai d'un ton glacial, mais qui s'échauffa peu à peu :

— Ce que vous venez d'insinuer, Mademoiselle, est tellement odieux que je devrais dédaigner en relever l'injure... Mais, je sens bouillonner en moi une telle indignation que si nous étions deux hommes, je saurais vous faire repentir de vos paroles. Les d'Arvey valent bien les de Bernon!... — Malheureusement, je ne suis qu'une femme!... Mais, je tiens à vous le dire Mademoiselle, votre façon d'agir vis-à-vis de moi est une lâcheté. Je suis pour vous, l'ennemie à terre, l'ennemie ligottée, à votre merci, et vous savez comment on juge les insultes aux vaincus!... Je gagne ici mon pain ; ailleurs je mourrais de faim ; c'est là le lien qui me retient ici, et que *vous ne briserez pas* !

J'avais prononcé les derniers mots avec une telle véhémence que Mlle de Bernon se recula d'un pas ; mais se ressaisissant vite, elle haussa les épaules et accentuant encore son sourire de défi :

— Je saurai vous y contraindre, articula-t-elle lentement.

Et sur cette parole de menace, elle me quitta.

Depuis nous ne nous sommes pas retrouvées seules, mais Mlle de Bernon affiche vis-à-vis de moi, un air hostile qui n'a pas échappé à Pierre.

— Qu'avez-vous donc fait à Suzanne, pour qu'elle ait cet air méchant ?

— Peu de chose, une petite discussion a eu lieu entre nous à propos de musique et comme je lui ai démontré qu'elle avait tort, elle m'en a, sans doute, gardé rancune.

— Cela n'est pas douteux, mais, sans vous dire de souffrir les caprices de cette méchante créature, je vous conseille, Magdeleine, une patience prudente. Mon père ne peut la chasser d'ici, et, si elle vous prend en haine, elle saura vous rendre cette place intenable.

— En effet, Mlle de Bernon m'a prévenue qu'elle voulait en arriver là ; aussi ferai-je tout, pour déjouer ses projets. Vis-à-vis d'elle, je n'aurai pas d'orgueil ; tous les coups qu'elle tentera de me porter s'émousseront contre mon impassibilité.

— Amie, vous n'avez pas l'âme trempée pour jouer ce rôle. Prenez garde, vous serez vaincue.

— M. le Marquis est bon pour moi, et j'ai beaucoup d'amitié pour vous, Pierre, cela me soutiendra.

— D'ailleurs, je vous suis allié, vous le savez.

— Et je vous en remercie ; mais je ne voudrais pas que pour moi vous devinssiez l'ennemi de Suzanne.

— Je suis votre ami, Magdeleine ; qui vous attaque m'attaque.

Je lui ai tendu la main en souriant.

— Fraternité et solidarité ! Savez-vous Pierre, qu'avec une pareille devise, nous, les enfants de la noblesse, nous devenons les enfants du socialisme ?

Il a souri à son tour et m'a répondu.

— Si ces mots sont vraiment écrits sur leur drapeau et dans leurs cœurs, je suis des leurs !

*
* *

Dans un coin du parc de Terville, sous le dôme verdoyant des arbres, par cette fin de journée de printemps chaude comme une journée d'été, la Vicomtesse de Siamère (*) — celle que dans mon cœur j'appelais déjà de son joli nom d'Anita — me confie un peu de sa vie.

La blancheur de sa robe accentue encore la grâce mélancolique de son visage. Près d'elle, je me sens heureuse ; entre nous il y a fraternité d'âmes.

(*) Voir le *Journal d'une Amoureuse*, même collection.

La chaleur avait fatigué le vieux Marquis qui s'était assoupi après m'avoir congédiée.

Je m'étais alors souvenue de l'invitation de Mme de Siamère, et toute heureuse de revoir celle que je considérais déjà comme une amie, je m'acheminai par les jolis sentiers ombreux qui mènent au château de Terville.

L'herbe des prés était semée de boutons d'or ; auprès les sainfoins étalaient leur tapis rose, les pommiers profilaient leur silhouette élégante, et les marronniers blancs semblaient d'immenses bouquets de mariées. De tout cela s'élevait un murmure, un gazouillis, qui forçait le cœur à chanter lui aussi.

Avec une délicatesse et une sureté que la souffrance seule peut faire acquérir, Anita consolait mon âme :

— Etre seule au monde, amie, ce n'est pas toujours être sans famille. Et il en est beaucoup que l'on *croît* d'heureuses filles, d'heureuses épouses qui sont des orphelines ou des abandonnées.

— C'est vrai, les liens du sang ne créent pas toujours la sympathie ; et tel père, tel enfant, tel époux, telle épouse sont plus étrangers l'un à l'autre que des êtres séparés par l'immensité.

Un soupir est venu mourir sur les lèvres de la jeune femme, mais elle retint le secret prêt à se livrer.

Après un instant de silence, elle reprit :

— Comme la vôtre, ma jeunesse a connu des grandes douleurs. Mon père est mort, nous laissant, ma mère et moi, dans la misère après avoir connu la richesse. Mais tandis que vous, accablée des mêmes peines, vous avez fui Paris, ce brasier qui consume les malheureux, moi, je m'y suis précipitée, trompée par son éclat. J'y ai connu la vie affreuse des femmes sans fortune, obligées de gagner leur pain.

— C'est là où le Vicomte est venu vous chercher?

— Oui, il m'avait connue aux beaux jours; après hésitation, il s'est souvenu de moi aux mauvais.

— Et il vous a rendue au bonheur? questionnai-je, comme le médecin qui veut forcer un malade à livrer le secret de son mal afin de l'en guérir.

Elle hésita un instant puis répondit :

— Hélas, il venait trop tard, j'avais donné mon cœur (*).

— Alors, pourquoi vous êtes-vous mariée?

Elle répondit avec un sanglot dans la voix :

— Parce que celui que j'aimais a été parjure à la foi jurée, parce qu'il m'a dédaignée pour une femme quelconque dont la beauté est l'unique attirance.

— Comment, vous si belle et si bonne!

— Mon amie, ne lui jetez pas tout le blâme, Jacques ne fut pas le seul coupable. Dans ce triste drame, chacun a eu ses torts, et chacun a ses remords.

— Vous ne l'avez jamais revu?

— Jamais!... sa sœur est mon amie; je la vois une ou deux fois chaque année; mais comme elle a connu dans ses moindres détails la triste histoire de

(*) Voir *Le Journal d'une Amoureuse*, même collection.

nos amours, elle ne me parle pas de son frère... Je m'étais mariée me disant comme tant d'autres : « Toute ma tendresse, je la reporterai sur mon enfant. » Et comme tant d'autres, Dieu m'a punie d'avoir profané la loi d'amour, qui doit présider à l'union des êtres... Notre mariage est demeuré stérile et je me sens effroyablement seule !...

D'un air découragé, elle laissa tomber sa tête sur sa poitrine, sans doute pour me dérober les larmes qui mouillaient ses yeux.

Emue d'une sincère pitié, je lui pris la main, et la portant à mes lèvres :

— Pauvre Anita ! murmurai-je.

Elle releva la tête et me sourit :

— Amie ! dit-elle à son tour. Et elle m'attira dans ses bras.

Les six coups de l'heure s'épandant du clocher de l'église du village nous rappelèrent à la réalité.

C'était l'heure du dîner. J'aurais dû être à Nerval !

— Mon Dieu ! six heures ! que va dire Monsieur le Marquis !

— Ne vous tourmentez pas. Je prends la responsabilité de votre retard. Je vous garde à dîner et je vais expédier un domestique à Nerval pour avertir le Marquis. Mon vieil ami sera trop heureux de me faire ce plaisir.

— Je n'ose...

— Ne craignez rien. Fiez-vous à moi.

Le dîner fut assez rapide, car je ne voulais pas

rentrer tard à Nerval, D'ailleurs, la présence de M. de Siamère gênait notre intimité. Je comprends le vide que doit entourer la vie de cette jeune femme, forcée de demeurer aux côtés de cet homme si différent d'elle.

Il est fils de nobles et il semble fils de rustres. Seulement, il garde tout l'orgueil de sa race.

La nuit était venue quand je repris le chemin de Nerval. Anita voulait me faire accompagner, mais je refusai. Dans ce pays les routes sont sûres et je préférais être seule pour goûter la poésie de cette nuit de printemps.

A mi-chemin, une ombre se dessina sur la route, venant à ma rencontre. Je réprimai d'abord un frisson de peur, puis je souris bientôt en reconnaissant Pierre.

— Je venais ramener au nid l'oiseau volage, me dit-il en souriant.

Je répondis du ton sévère d'une mère, grondant son enfant :

— Pierre, pourquoi êtes-vous sorti à cette heure ? Vous savez que les promenades nocturnes vous sont expressément défendues.

— Bah ! j'en ai assez de jouer le rôle de l'éternel malade, et je veux, comme les autres, profiter des joies et des beautés terrestres. Ne puis-je moi aussi goûter au charme des nuits de printemps ?

— Vous savez de quel prix vous payez ces imprudences : demain vous serez forcé de garder la chambre.

— Mais non, je vais mieux. A force de vous entendre répéter vos sinistres pronostics, je finirais par me persuader que je suis malade ; tandis que cet air de printemps, cet air si pur ne peut que vivifier mes poumons et leur donner le souffle dont ils manquent.

Trop heureuse, de voir mon ami abandonner ses idées macabres, je répondis gaiement :

— A la bonne heure, Pierre ! Si ce soir vous n'êtes pas prudent, vous n'êtes pas non plus pessimiste, et vous voyez clair enfin dans votre état puisque vous espérez guérir.

En parlant ainsi, nous avions continué notre route.

Pour la première fois, Pierre avait passé son bras sous le mien. Ses paroles rassurantes semblaient confirmées par son allure joyeuse et par l'expression de son visage ; ses yeux avaient un rayonnement inaccoutumé.

Autour de nous, la nuit était splendide, lumineuse et tiède ; au ciel les étoiles luisaient pareilles à des joyaux et la terre embaumait comme un immense parterre.

— Quelle belle nuit ! soupira mon compagnon en resserrant l'étreinte de son bras.

— Oui, dis-je, la campagne est le meilleur des médecins pour le corps et pour l'âme !

— Alors, vous ne regrettez plus Paris ?

— Je ne l'ai jamais regretté !... J'y ai trop souffert !...

— Vous n'en avez gardé aucun souvenir qui vienne

troubler le calme de votre vie actuelle ? qui, parfois, rappelle votre cœur là-bas ?

— Aucun.

— Vous n'avez donc jamais rencontré quelqu'un qui, comme moi, s'émeuve de votre beauté, de votre charme, et qui, comme moi, vous demande un peu de votre cœur ?

— Jamais !

Il eut un cri de joie :

— Alors, je suis le premier aimé !

Je ne sus que répondre. Vraiment Pierre se méprenait étrangement sur la nature de mon affection pour lui. Je l'aimais d'amitié, mais non d'amour.

Il ne fit pas attention à mon silence et continua :

— Dès le premier jour où je vous ai vue, je vous ai aimée. Veus étiez si tristement jolie en vos vêtements de deuil !

Je voulus calmer cette exaltation dangereuse pour notre amitié, et je répliquai froidement :

— Oui, vous m'avez offert d'être mon frère.

Il soupira, puis après un instant d'hésitation, il ajouta :

— C'est vrai, mais de toutes les sœurs de l'Amour la plus belle est la Pitié. J'ai confondu les deux sœurs. J'ai voulu m'élever plus haut, toujours plus haut, et des sphères de l'Amitié je suis passé dans celles de l'Amour.

— Vous avez eu tort.

— Pourquoi ?

— Parce que nous ne saurions qu'être amis.

R.F.

Il répondit avec une révolte de tout lui :

— C'est vrai, j'oubliais qu'aux yeux de tous, j'étais un mourant, qu'aucune femme ne voudrait unir son sort au mien!... Et il faudrait que condamné par ceux qui ignorent, je demeurasse solitaire, fuyant toutes les joies de la vie!... N'ai-je pas un cœur comme les autres! et n'ai-je pas le droit d'aimer!... Dois-je demeurer indifférent à toutes vos séductions? vous baiser sur le front? vous appeler ma sœur? et demeurer chaste dans l'attente de la mort?

Interdite par cette violence, je le regardais avec stupeur.

La fièvre empourprait son visage, et ses yeux bleus semblaient devenus noirs.

— Pierre! murmurai-je, en me dégageant de son bras et en prenant sa main dans les miennes, Pierre, vous me faites peur!

Il me saisit violemment :

— Peur! quand je t'aime! quand je t'adore! quand je voudrais que tu fusses à moi!

Et avant que j'aie pu me reculer, il me baisa aux lèvres.

Indignée, je me dégageai, et je dis la voix saccadée, coupée par l'émotion :

— Monsieur de Nerval, je vous prie de me quitter immédiatement et de revenir au château par une autre route que la mienne. J'ignorais que vous fussiez un traître et que derrière notre pure amitié vous abriteriez votre brutal désir!... Adieu, Monsieur de Nerval. Si je demeure sous votre toit, je redeviens l'étrangère que j'aurais toujours dû rester pour vous et je vous défends de chercher à me revoir en particulier.

Dans l'ombre, le visage de Pierre était devenu livide.

Quand j'eus fini de parler, il saisit ma main :

— Pardon, murmura-t-il, pardon, Magdeleine. Je suis fou !

Blessée dans la pureté du sentiment qui m'attachait à lui, je répétai :

— C'est indigne ! indigne !

— Oui, vous avez raison, et revenu à moi-même, je me juge tel. — Mais, pauvre enfant, vous ignorez quelles passions violentes s'agitent dans notre chair de mâle et comme parfois le corps vainc l'esprit... Magdeleine, ma pure Magdeleine, pardonnez-moi. Je suis un fou, un malade, un malheureux! Continuez à être ma sœur, par pitié! Sans votre affection, je ne pourrais plus vivre !

Il était si pâle, si défait, que j'eus peur.

— Pierre, je vous pardonne cet accès de folie, mais donnez-moi votre parole qu'il ne se renouvellera pas.

— Je vous le promets.

Emus, nous sommes revenus en silence jusqu'au château. Le vieux marquis m'a accueillie avec sa paternelle bonté, mais Suzanne m'a exprimé dans un regard, tout ce que sa haine lui avait inspiré contre moi.

Le lendemain matin, j'étais près du Marquis ; j'écrivais sous sa dictée quand Suzanne vint pour le saluer.

L'instant d'avant, la vieille Marie (la doyenne des domestiques), était venue excuser Pierre qui, plus souffrant, ne pouvait quitter la chambre. Je m'étais doutée que le pauvre enfant serait brisé par la scène violente de la veille.

Le Marquis, attristé malgré sa philosophie, apprit à Suzanne la nouvelle.

La jeune fille haussa les épaules et répondit dédaigneuse :

— Pierre devient amoureux du clair de lune. Il pourra payer cher sa passion.

Puis elle ajouta :

— D'ailleurs, depuis six mois, un mauvais sort semble avoir être jeté sur le château.

Et se tournant vers moi, elle dit à voix basse, de façon que seule j'entendisse :

— On croirait qu'une fée malfaisante est entrée ici !

Heureusement, ces paroles méchantes n'échappèrent pas au Marquis. Il répondit sèchement :

— Je ne sais pourquoi vous dites ces choses, Suzanne. La vie, pour tous, a de mauvaises heures, et je ne vois pas que nos malheurs, depuis peu, se soient aggravés. Les deux fléaux qui désolent Nerval ne datent pas d'hier. Mon fils est malheureusement atteint depuis longtemps d'un mal qui ne pardonne pas ; quant à votre méchanceté, Suzanne, elle est née avec vous.

La jeune fille bondit :

— Pour défendre *cette aventurière*, Monsieur, vous m'insulterez donc toujours !

Le Marquis répondit avec tristesse :

— Non, Suzanne, je ne vous insulte pas. C'est vous qui insultez une pauvre enfant que j'ai le devoir de défendre. — Suzanne, pourquoi ne voulez-vous pas être bonne ? Vous n'ignorez pas cependant que la raison de la vie, c'est le progrès de l'esprit.

Mlle de Bernon répondit de plus en plus hautaine :

— Vous savez bien, M. le Marquis, que je ne partage pas vos utopies.

— Parce qu'elles révolteraient trop votre orgueil ! Mais tôt ou tard, vous serez abaissée, âme méchante et dédaigneuse !

Elle répondit blême de rage :

— M. le Marquis quand vous voudrez me parler ainsi vous aurez le tact d'éloigner les étrangers. D'ailleurs, il est inutile de chercher à m'imposer un respect que je n'aurai jamais pour une personne qui se joue de vous.

— Vous mentez, Suzanne.

— M. le Marquis, ma jeunesse y voit plus clair que votre vieillesse.

— Suzanne, ma vieillesse devrait vous imposer un respect que vous n'avez pas. Retirez-vous.

La jeune fille sortit majestueuse et lente.

Au déjeuner, Suzanne ne parut pas ; elle avait donné ordre qu'on la servit chez elle.

Je dînai en tête-à-tête avec le Marquis qui en profita pour me narrer ses aventures extraordinaires de spirite.

J'écoutai distraitement, l'esprit las de ces récits *toujours les mêmes*, et attristé par les souffrances de Pierre et par la méchanceté de Mlle de Bernon.

L'après-midi, celle-ci voulut se venger sur moi des reproches du Marquis.

Comme elle me savait assise sur un banc qu'abritait un rideau de verdure, elle s'adressa à la vieille Marie, occupée à cueillir des fraises pour le dîner, et dit très haut, certaine que j'entendrais !

— Eh bien, Marie, vous qui est si dévouée à vos maîtres, ne voyez-vous pas sans regret, l'influence néfaste que *cette aventurière* prend sur eux ?

Sans lever la tête, la vieille servante répondit dans un grognement :

— Je ne vois rien de tout cela, Mademoiselle.

— Alors, vous aussi devenez aveugle ! Ne savez-vous pas qu'elle gouverne le Marquis, au point qu'il vous mettrait à la porte demain, si elle en manifestait le désir, et que Pierre meurt de son amour ?

La vieille Marie, cette fois releva la tête avec un cri d'indignation :

— Oh ! Mademoiselle, ce n'est pas bien d'inventer de pareilles choses ! M. le marquis s'est attaché paternellement à cette jeune fille qui est douce, bonne et malheureuse et M. Pierre a partagé cette sympathie, quasi comme un frère. Mais de là à croire !... Non, Mademoiselle ! Non ! Ce n'est pas vrai !

La fière Suzanne ne releva pas l'injure du démenti; elle ne voulait pas se faire une ennemie de la vieille servante.

Elle reprit, sur le ton d'une confidence :

— Convenez, cependant, que M. le Marquis n'a pris cette fille que par charité. Mme de Sené avait si bien plaidé sa cause, raconté son histoire, invraisemblable sur plus d'un point! — Que fait-elle ici? Elle joue à la châtelaine et mange le pain d'aumône, mais non le pain gagné.

La vieille domestique l'interrompit :

— Mlle Magdeleine est plus utile que beaucoup, et elle mériterait de vivre tranquille et heureuse en place de celle dont le mal est le but constant. Moi, je suis une brave femme et j'aime les braves cœurs!

Et la vieille Marie, prenant son panier de fraises, tourna le dos à son interlocutrice rageuse :

J'étais devenue livide. Sous ce nouvel outrage tout mon sang était afflué à mon cœur. Je suffoquais.

Sous l'empire de cette pensée horrible : « prise par charité », je courus jusqu'au cabinet du Marquis, je tombai presqu'à ses genoux et, sanglotant, car toute mon énergie s'était évanouie sous ces outrages sans cesse répétés, je haletai :

— Est-ce vrai, M. le marquis, qu'ici je ne gagne pas mon pain, et que le don que vous m'en faites est une aumône? Oh! si cela est, Monsieur, permettez-moi de vous quitter, d'aller là où la vie me sera plus dure, mais où je travaillerai, où je mériterai le salaire que l'on m'accordera.

Le vieillard me regarda ému ;

— Ma pauvre enfant qui vous a encore causé ce chagrin ? Toujours la même, n'est-ce pas ! l'âme diabolique qui, pour notre malheur à tous, a trouvé hospitalité à Nerval !

— M. le Marquis, je vous en prie, dites-moi la vérité, pas de pitié ; c'est trop humiliant.

— Mon enfant, rassurez-vous, le pain que vous gagnez est bien gagné. J'ai besoin de quelqu'un près de moi ; si la place est douce, estimez-vous en heureuse, mais ne croyez pas qu'elle a été créée pour vous.

— Bien vrai, M. le Marquis ?

— Oui, mon enfant, et soyez persuadée que si vous me quittiez demain, — ce qui me causerait un grand chagrin — une autre vous remplacerait.

— Oh ! je vous remercie, M. le Marquis !

— Quant aux chagrins que l'on essaye de vous faire, tâchez de les surmonter. Vous avez un esprit bien plus avancé que celui de Mlle de Bernon ; c'est donc à vous d'avoir pitié d'elle.

J'ai quitté le Marquis, rassurée, mais ayant dans l'âme une immense détresse, aussi me suis-je retirée dans ma chambre pour pleurer.

Depuis longtemps déjà, je m'abandonnais à ma douleur, quand j'entendis frapper.

Presque aussitôt, la vieille Marie parut, une lettre à la main.

— De la part de M. Pierre, me dit-elle.

Et elle se retira.

Sans trop de surprise, je déchirai l'enveloppe et je lus :

« Amie,

« Mon père vient de me mettre au courant de la méchanceté de Suzanne et du nouveau chagrin qu'elle vous a causé. En toute autre circonstance, malgré ma faiblesse, j'aurais trouvé dans mon amitié la force d'aller moi-même vous consoler ; mais, après ce qui s'est passé hier entre nous, j'ai honte.

« Pauvre petite amie, combien aujourd'hui, vous devez le trouver fragile l'appui que je vous ai offert ! et cependant je ne crois pas qu'il existe au monde un cœur qui vous soit plus dévoué.

« Je vous aime, tellement, Magdeleine, que par instant, je ne sais plus comment je vous aime, et dans ma soif d'affection, dans ma soif de bonheur, je crois en l'avenir, je crois en l'amour !

« Hier soir, tout n'avait-il pas conspiré contre les faiblesses de mon cœur ? La magie de ce soir de printemps, notre affection, votre présence près de moi, sous ce ciel lumineux, au milieu de ces parfums enivrants, dites Magdeleine, n'y avait-il pas de quoi griser un pauvre condamné, obligé de fermer les yeux sur toutes ces choses si belles, de dire adieu à ce paradis terrestre.

« L'amitié, c'est l'amour sans ailes, a dit Bison ; hier soir j'ai cru que le printemps qui donne des ailes aux oiseaux et aux papillons en avait donné à mon cœur et qu'il pourrait accompagner le vôtre dans les sphères radieuses où je vous aimerais.

« ... Aujourd'hui, j'ai fermé les yeux sur le rêve pour les ouvrir sur la réalité. Et je me retrouve, ce que je suis, hélas, un misérable enfant dont l'âme chancelle parfois dans le corps brisé.

« Aimez-moi, ma sœur aînée, comme une mère aime son enfant malade, comme vous, femmes, savez aimer la faiblesse. — Que cette tendresse, Magdeleine, soit le refuge de votre âme; dites-vous que la joie que vous donnez à un mourant est la tâche la plus digne que vous pouvez entreprendre.

« Magdeleine, ma sœur, vous m'avez pardonné, j'en suis sûr; mais pour que je m'endorme avec calme, donnez-moi le baiser du pardon; celui que les *mères déposent* sur le front des petits enfants pour les défendre contre les cauchemars de la nuit.

« Votre ami,

« PIERRE ».

Et j'ai répondu, émue

« Mon frère,

« Je vous envoie ce baiser de pardon et de tendresse que vous réclamez. Vous avez raison, je vous aime un peu comme les mères aiment leurs enfants. L'amour maternel est la plus sainte et la plus forte de toutes les affections; n'en cherchez donc pas une autre; vous retourneriez en arrière, vous demanderiez moins que ce que vous avez.

« Votre sœur Magdeleine dépose sur votre front brûlant, son meilleur baiser. »

*
* *

... Des yeux immenses, profonds, magnifiques. On pourrait dire tel est Georges de Nerval.

Il est grand, bien découplé; mais de son visage, de tout lui, on n'aperçoit que ses yeux! Est-il beau? Est-il laid? Quels sont les autres traits de son visage? on l'ignore : — il a de beaux yeux!... Noirs, tour à tour languissants et vifs, doux et emportés, ils doivent traduire tous les sentiments de son âme. Il me semble qu'avec eux je causerais longtemps, sûre de les comprendre sans paroles.

Le fils aîné du Marquis ne ressemble plus beaucoup au portrait du salon. Ses yeux semblent s'être agrandis en la contemplation des vastes horizons, et avoir pris un peu de l'immensité des déserts et des océans.

Une sorte de prescience, de double-vue, a précédé notre connaissance.

Hier, lorsque le télégramme daté de Marseille nous annonça son arrivée, je n'en fus pas étonnée. La nuit un rêve étrange avait troublé mon sommeil.

Je me voyais sur une route déserte qui s'étendait jusqu'à l'horizon, très lointain.

Sans savoir où je me trouvais, quelle campagne m'environnait, je demeurais les yeux fixés sur cette route, dans une impatience d'attente.

Tout à coup un point noir s'est dessiné à l'horizon et en se rapprochant a pris des contours humains. Je reconnus Georges de Nerval tel qu'il m'est apparu ce matin, à l'arrivée.

Une joie indescriptible a fait battre mon cœur. Comme un frère que l'on retrouve après de longues inquiétudes, j'ai voulu me jeter dans ses bras ; mais je me suis réveillée. Il m'a semblé alors qu'une voix disait près de moi :

— Bonjour, aimée, c'est moi, Georges !

Les récits du vieux marquis portent leurs fruits, je deviens sa digne élève. Ses chimères me hantent !

Georges de Nerval était attendu à dix heures, ce matin.

Réveillée très tôt par le soleil radieux qui sans souci d'être indiscret avait envoyé un de ses rayons me caresser le visage, je m'étais levée et jetant sur le parc un regard émerveillé, j'avais eu le fol désir d'aller prendre dans la rosée un bain matinal.

Je revêtis un peignoir blanc, la seule diversion que je permisse à mon deuil et très doucement afin de n'éveiller personne, je descendis.

J'allais m'engager dans le parc quand, au détour d'une allée, je me trouvai en face d'un inconnu : le personnage de mon rêve.

Tous les deux nous nous contemplâmes presque avec stupeur.

— Monsieur !

— Mademoiselle !

Puis, reprenant un peu son sang froid, sans cesser

de me regarder avec une attention curieuse, le jeune homme se présenta :

— M. Georges de Nerval.

Puis il ajouta :

— Je vous demande pardon, Mademoiselle, de la frayeur que ma présence a pu vous causer. Je suis arrivé plutôt que l'on ne m'attendait : à cinq heures ce matin. — Comme je ne voulais déranger personne, je suis allé frapper à la petite porte voisine de la maisonnette du père Jean. Celui-ci m'a ouvert, et sur mes recommandations a gardé le secret de mon arrivée. Impatient de revoir ces lieux chéris après une longue absence, j'ai, dès l'abord, entrepris une excursion dans ce domaine.

— Et moi, Monsieur, je vous fais mes excuses pour être venue troubler ce pèlerinage, d'autant plus que je vous suis complètement étrangère.

Puis m'inclinant :

— Mlle Magdeleine d'Arvey, la secrétaire de M. le Marquis.

Comme le fit son frère, Pierre, lors de notre présentation, le jeune homme me tendit la main en souriant.

— Je proteste de toutes mes forces contre ce titre d'étrangère dont vous vous parez, car sachez, Mademoiselle, que vous ne m'êtes pas étrangère du tout. Vous êtes peut-être même la personne dont j'ai le plus entendu parler depuis quelques mois. Mon père et Pierre ne tarissaient pas d'éloger sur vous à tel point qu'ils m'avaient fait vous connaître — *en esprit*, comme dirait mon père.

Avant hier il m'est arrivé une chose curieuse à bord de l'*Indien* qui me ramenait en France.

Il s'interrompit :

— Mais j'abuse sans doute, Mademoiselle, de l'heureux hasard qui nous a fait rencontrer ce matin?

— Nullement, Monsieur, je vous avouerai que, attirée par la splendeur de ce matin, j'allais faire un tour dans le parc.

— Dans ce cas, voulez-vous que nous le fassions ensemble ?

— Très volontiers.

Nous nous sommes engagés dans la grande allée ombreuse qui mène à l'Orne.

En la parcourant lentement, nous avons repris notre causerie.

— Je disais donc, fit mon compagnon en souriant, qu'hier la nuit, avant d'arriver à Marseille, tandis que je reposais à bord de l'*Indien*, j'ai fait un rêve étrange.

Dans ce rêve notre navire s'avançait sur les eaux, mais l'horizon était sombre ; on ne le voyait pas. L'inquiétude me tenaillait, j'ignorais d'où je venais, où j'allais. — A mesure que nous avançions, l'horizon se faisait plus noir, on eut dit qu'un immense voile de crêpe le masquait, tout à coup, comme j'en étais tout près, le rideau s'écarta semblant tiré par une main invisible, et découvrit un paysage verdoyant, ressemblant fort aux côteaux de Mouen qui sont là-bas et que l'Orne ceinture d'argent. Au premier plan, une jeune fille souriait en costume normand. — Je suis la France, me dit-elle en me saluant.

Et elle ajouta plus bas, comme dans un aveu :

— Je suis le pays natal.

Mais tout cela ne vous intéresse pas beaucoup, n'est-il pas vrai? Songe banal de voyageur, inspiré par le désir de revoir la patrie ; cependant ce qu'il a d'étrange, c'est que l'apparition avait votre visage, et, qu'à cause d'elle, je vous aurais reconnue n'importe où, entre toutes !

Il s'arrêta ; ses grands yeux me fixèrent un instant, puis il reprit :

— Et dire que c'est vous qui, la première ici, me souhaitez la bienvenue !

J'avais rougi un peu en pensant au rêve que j'avais fait moi aussi, et à cette étrange corrélation.

Cependant, je repris vite mon sang froid et répliquai :

— Vous me rappelez que j'ai totalement oublié mes devoirs. Il est vrai que je n'oserais moi, étrangère, vous faire les honneurs d'une maison qui est la vôtre. Mais si je veux reprendre la personnalité de votre rêve, je vous souhaite la bienvenue, M. le Comte et je vous dis en toute sincérité, que le château, que le pays sont en joie de votre retour.

Ses yeux sourirent, puis une tristesse en voila le rayonnement.

— Comment va Pierre? me demanda-t-il gravement.

J'hésitai à répondre.

— Mal? interrogea-t-il en face de mon embarras.

— Je le crains.

— Pauvre enfant! J'ai beau ne pas craindre la Mort, croire en elle comme en la délivrance, je ne puis m'empêcher de m'attrister en voyant les portes de la Vie se fermer si vite sur un être si bien placé pour goûter le bonheur terrestre. D'ailleurs, Pierre est le meilleur cœur que je connaisse.

— Je le sais, répondis-je tristement.

— Vous avez su l'apprécier?

— Oui, j'aime M. Pierre, comme j'aurais aimé mon frère, si par bonheur j'en avais eu un.

— Vous avez raison. D'ailleurs, je suis au courant de cette amitié; mon frère parlait beaucoup de vous dans ses lettres et je me réjouissais de la douceur que votre présence avait mise dans sa vie.

Il ajouta :

— Et Suzanne est-elle aussi votre amie?

— Mlle de Bernon ne brigue pas ce titre, ai-je répondu, soudainement glaciale.

— Mais au moins, elle n'est pas votre ennemie?

— Je serais heureuse de vous répondre non, mais si je le faisais, je mentirais.

— C'est malheureux. Cette jeune fille n'est pas méchante, mais son caractère s'aigrit dans une solitude où sa jeunesse s'étiole, entre un malade et un vieillard. Suzanne eut dû faire de vous son amie : votre âge, votre éducation devaient vous rapprocher l'une de l'autre.

Une sourde exaspération faisait frémir mes nerfs en entendant ce jeune homme qui me paraissait si sympathique, défendre et plaindre cette fille méchante qui m'avait tant fait souffrir. — Comme il la connaissait mal ! — Il est vrai que vis-à-vis de lui, avec cet amour que je soupçonnais caché au fond d'elle-même, elle avait dû à ses yeux, vouloir joindre aux séductions physiques, les séductions morales. Il la croyait bonne ! il la croyait malheureuse ! il la plaignait ! !.

A grand'peine je refoulai au fond de mon cœur, les révélations que l'indignation mettait sur mes lèvres. Et arrêtant brusquement la conversation :

— L'heure s'avance, dis-je, les domestiques sont levés, il va me falloir rentrer, que penseraient-ils de notre rencontre matinale ?

Georges sourit.

— Je vous demande pardon, Mademoiselle, de ne pas avoir songé plus tôt que je pouvais vous compromettre. Pardonnez au demi-sauvage que je suis devenu, mais qui, cependant, n'a jamais bien compris les règles étroites dans lesquelles le Monde veut renfermer la Morale. — J'ai passé avec vous une heure charmante. Je vous en remercie et j'espère que ce ne sera pas la dernière. — Puis-je dire à mon père comment nous nous sommes rencontrés ?

— M. le Marquis est trop bon pour que nous le lui cachions, répondis-je.

J'aurais voulu ajouter :

— Seulement gardez le secret pour Suzanne !

BIBLIOTHÈQUE NATIONALE R.F.

Je n'osai pas.

Et après avoir serré en souriant la main qu'il me tendait, j'ai regagné ma chambre une allégresse indiscible au fond de moi.

A l'heure habituelle, je descendis chez le Marquis.

Il y avait grande réunion de famille : Georges, Pierre, Suzanne s'y trouvaient et devisaient gaîment.

J'eus quelque peine à reconnaître ma froide ennemie en la gracieuse fille qu'elle était soudainement devenue. Vêtue d'un élégant déshabillé de mousseline de soie rose, elle apparaissait elle-même éclatante au milieu de ces fraîches couleurs. Vraiment elle était transformée, la statue s'était animée, tout en elle souriait, rayonnait, depuis ses cheveux, jusqu'à ses lèvres.

Assise près de Georges, elle plongeait ses yeux bleus, dans les magnifiques yeux noirs.

Cette communion de regards serra étrangement mon cœur.

Ah ! pourquoi faut-il qu'il l'aime cette fille méchante, que je haïs !

Au bruit de mes pas, Pierre se détourna ;

— Voici Mlle Magdeleine, dit-il.

Il se leva vivement, me prit par la main et me conduisit vers Georges, puis nous présentant l'un à l'autre :

— M. Georges de Nerval, mon frère. — Mlle Magdeleine d'Arvey, dont je t'ai si souvent parlé !

Georges avec un fin sourire me tendit la main.

— Vous allez bien depuis ce matin, Mademoiselle ?

Pierre et Suzanne eurent un geste d'étonnement.

— Quoi, tu as déjà vu Magdeleine ? questionna Pierre, une anxiété dans la voix.

— C'est la nymphe charmante qui m'a fait les honneurs du parc de Nerval, répliqua le jeune homme en continuant de sourire.

Et il raconta notre rencontre matinale.

— Un poète ne rêverait pas plus gracieuse idylle ! dit en riant le vieux Marquis.

Pierre garda un silence inquiet ; quant à Suzanne, elle devint subitement très pâle et darda sur moi un regard de vipère.

Mais elle reprit vite possession d'elle-même et s'adressant au vieux Marquis :

— Nous n'allons pas vous déranger plus longtemps de vos chères habitudes, dit-elle, avec dans la voix, une douceur inaccoutumée. Nous nous retirons. Le temps est superbe, Georges voudra bien m'accompagner ; nous ferons à cheval, le tour du pays. Pierre se joindra à nous, si sa vaillance le lui permet.

Son sourire prenait la grâce d'une prière.

Le Marquis répondit :

— Pierre fera sagement de ne pas abuser de ses forces ; qu'il fasse atteler la charrette anglaise, il pourra ainsi vous accompagner sans fatigue.

Une expression de triomphe passa sur le visage de Mlle de Bernon, en songeant au tête-à-tête que cette combinaison lui permettrait.

— C'est entendu, répliqua-t-elle doucement. Messieurs dans une demi-heure je serai prête. Je compte sur votre exactitude, comme vous pouvez compter sur la mienne. Georges ne vous endormez pas dans les songes de l'Orient.

Elle lui sourit encore avec cette grâce qui la rendait parfaitement belle et la main dans la main, ils quittèrent le cabinet, tandis que, assise devant le bureau où s'étalaient les journaux spiritualistes, je me mettais en devoir de commencer leur lecture monotone.

— Sirène, murmura le vieux Marquis quand la portière retomba.

— Perfide, ajoutai-je en moi-même, tandis que mon cœur se serrait.

Une demi-heure plus tard, sous les fenêtres, Mlle de Bernon, de son rire, semblait narguer ma servitude.

*
* *

Depuis l'arrivée du « héros » Nerval est en fête ; un printemps inconnu semble avoir paré les gens et les choses, tout est beau, tout est souriant ; mon cœur lui-même paraît vouloir se dépouiller des voiles de deuil et se réjouir dans l'allégresse universelle.

Le voyageur a apporté la vie à ce manoir où tous les êtres végétaient dans la monotonie. Il va, vient, dépense les forces de sa belle jeunesse, distrayant notre esprit par les nouvelles qu'il rapporte de ses excursions à Caen ou dans les plages environnantes, et par les récits de ses voyages en Afrique et en Asie.

Le soir, après le dîner, réunis dans le fumoir, où Suzanne étouffait jadis, mais où elle s'acclimate maintenant au point de griller parfois une cigarette, Georges évoque à nos yeux les merveilles et les étrangetés de l'Inde d'où il revient.

Parfois une discussion s'engage entre Georges et son père, au sujet de la théosophie.

Le jeune homme, tout en reconnaissant la véracité des phénomènes, tient à les discuter, à ne pas accepter les yeux fermés, l'enseignement des morts.

— Voyez-vous, mon père, plus j'étudie et plus je me dis que les spirites ressemblent aux peuples enfants qui ont toujours fait intervenir le surnaturel et le divin pour expliquer ce qu'ils ignorent.

Il existe bien des forces inconnues que nous connaîtrons un jour, et qui nous apprendrons alors le pourquoi de tant de choses qui paraissent aujourd'hui étranges et mystérieuses. Les sectes indiennes connaissent beaucoup mieux que nous les conditions favorables à la production de ces phénomènes. Les fakirs et les yoghis font de vrais miracles : presque instantanément, sous leur souffle, on voit sortir d'un simple grain de blé une plante entière avec ses feuilles et ses épis ; à leur prière, un pied de vigne desséché se couvre de feuilles et de fruits. Tout cela n'est pourtant pas l'œuvre des Esprits, il me semble.

Suzanne, sans une nuance d'ennui, écoute ces discussions et jamais son sceptique sourire ne vient souligner l'étrangeté des récits du voyageur.

Comme elle est changée, transformée! — à la surface du moins — car je pressens que sa douceur est semblable à l'eau perfide qui cache un gouffre impitoyable... Je sais qu'elle me fera payer la courtoisie de ses manières, la douceur de sa voix, le charme de son sourire! Et je désire presque une attaque qui me permette de la démasquer, de faire découvrir à tous, la haine jalouse qu'elle cache au fond d'elle-même.

Pierre avec moi est redevenu le frère de jadis. Aucune allusion n'est jamais faite à la scène qui a failli nous désunir. Seulement, il se fait plus doux, plus faible encore, jouant un peu avec moi, au petit enfant. Moi je me laisse prendre à l'implorance de ses regards, et je lui donne toute la tendresse dont mon cœur est capable. Dans cette affection, il y a beaucoup de cet instinct maternel qui porte la femme à être si miséricordieusement bonne envers ceux qui souffrent, qui pousse à l'immolation d'elle-même la sœur de charité.

Avec Georges, notre intimité n'est pas la même. Elle est plus réservée de son côté avec, du mien, un désir plus grand de séduire et de plaire. Pierre est une conquête faite ; je sais qu'il m'aime — plus même et autrement qu'il devrait m'aimer — mais Georges ?

Et cependant, il me semble qu'il me serait bien doux de savoir que la tendresse de ses grands yeux rayonne pour moi et que j'occupe ma place dans son noble cœur.

Depuis notre rencontre au matin de son arrivée,

nos instants de tête-à-tête ont été rares. Suzanne et Pierre semblent conspirer contre nous ; Georges lui-même ne paraît pas les rechercher.

Cependant, l'autre soir, je le croyais absent ; j'étais seule au piano et comme tant d'autres fois, j'abandonnais mon âme au charme de la musique. J'improvisais une mélodie tour à tour gaie comme un éclat de rire et triste comme un sanglot, suivant que l'espoir et la désespérance se succédaient dans mon esprit.

Tout à coup je fus réveillée de mon rêve par la voix de Georges :

— Mademoiselle Magdeleine, quelle artiste vous êtes ! Pourquoi ne pas vous faire entendre plus souvent ?

— Je craindrais de fatiguer, répondis-je.

— Fatiguer ! Mais vous ne savez donc pas la beauté des mélodies que vous improvisez.

— Je ne puis guère juger de l'effet qu'elles peuvent produire sur autrui.

— Mon père, mon frère ne vous ont jamais complimentée ?

— Si ; mais, Mlle de Bernon m'a déclaré, un jour, avec violence, que cette musique était insupportable.

Il parut étonné :

— Je savais que Suzanne était fort mauvaise musicienne, mais je ne croyais pas que la bonne musique lui fût antipathique.

— Peut-être n'est-ce que la musicienne ?

— Toujours cette idée ! Pourquoi vous entêtez-vous à croire Suzanne votre ennemie ? Je voudrais vous convaincre que votre imagination vous trompe, que vous êtes ici, l'amie de tous.

J'eus un énigmatique sourire :

— M. le Marquis ne vous a donc pas éclairé à ce sujet ?

— Non.

— Alors, j'imite sa réserve.

— Non, dites-moi. Je veux savoir !

— Pourquoi ?

— Pour juger.

— Vous manqueriez de la première qualité nécessaire à un juge : l'impartialité.

— Qu'est-ce à dire ?

— Que Mlle de Bernon a presque autant de droits à votre affection que Pierre et qu'il est difficile de juger une sœur.

— Mlle de Bernon n'est pas ma sœur ; et je ne l'aime pas comme j'aime Pierre.

— Je le comprends.

A peine si je pus articuler ces mots tant mon cœur se serrait.

Il ne l'aimait pas comme Pierre ! Il l'aimait *plus* sans doute.

Les lourds rideaux des fenêtres plongeaient la pièce dans une demi-obscurité qui cachait heureusement l'expression d'angoisse de mon visage, subitement pâli.

Ah ! Il l'aimait cette fille méchante, et elle serait la

femme, la très aimée, de cet homme si beau et si bon !... Et tout le monde semblait conspirer pour l'amener à ce résultat !... Le vieux Marquis se taisait, gardait un coupable silence, au lieu d'éclairer son fils sur le triste avenir que lui préparait le caractère de Suzanne !

Quelle révolte soudaine s'était déchaînée dans mon cœur ?... Que m'importait après tout l'avenir de cet homme ! Son bonheur serait-il mon bonheur ? Quand il serait l'heureux époux de la belle Suzanne, je quitterais ce château, cette famille sur laquelle désormais règnerait cette femme jalouse et hautaine et je m'en irais loin, voulant ne plus me souvenir des humiliations qu'elle m'avait fait subir.

Plongée dans mes pensées, j'oubliais presque la présence de Georges. Je demeurais silencieuse, les yeux baissés, les sourcils froncés, ne sentant même pas peser sur moi le regard étonné de ses jolis yeux.

Enfin, il me rappela une fois encore à la réalité :

— Mademoiselle Magdeleine, qu'avez-vous ? Etes-vous fâchée ? Voulez-vous donc que j'embrasse votre rancune contre Suzanne ?

— Ma rancune ! mais c'est elle qui me hait ! qui me fait souffrir !

Et incapable de me contenir plus longtemps, j'éclatai en sanglots.

L'émotion fit trembler la voix de Georges. Il me prit la main, et me parla si doucement que jamais aucun chant ne m'avait semblé si doux.

— Voyons, enfant, pourquoi ces larmes ? Les torts

de Suzanne, à votre égard, ne sont pas récents? Pourquoi aujourd'hui paraissez-vous tant en souffrir?

— Je ne sais. Il y a des instants où, comme le corps, l'âme défaille.

— C'est vrai, j'ai appris par mon frère que vous aviez beaucoup souffert. Mais il ne faut pas rendre une seule personne, responsable de ces souffrances. Si l'allure un peu hautaine de Suzanne vous a parfois blessée, voulez-vous que je lui parle?

J'eus une révolte de tout moi.

— Oh! non criai-je, par pitié ne lui dites rien!

— Puisque vous le désirez, je ne lui parlerai pas, mais alors, ma pauvre petite amie, consolez-vous.

Emu, troublé en face de ces pleurs de femme, armes si fortes contre l'impassibilite masculine, je sentais qu'il eût voulu me prendre dans ses bras puissants et m'y bercer comme un petit enfant. Et j'avais le désir d'appuyer à son épaule, ma tête endolorie, afin de sentir sur mon front la douceur de ses lèvres.

Mais à cet instant, une ombre se profila derrière la portière, le visage haï apparut, écartant les rideaux et la voix de Sirène appela :

— Georges, je vous cherche depuis une heure, car j'ai un conseil à vous demander pour une partie de plaisir que je projette. Pouvez-vous me consacrer quelques minutes?

Mlle de Bernon s'avança, tendit la main à Georges et ajouta de sa voix très douce, en me regardant :

— Vous permettez, Mademoiselle?

Elle inclina sa tête altière et sortit entraînant le jeune homme.

Qu'a-t-elle dû penser de notre tête-à-tête, et quelle nouvelle haine a pris naissance dans son cœur?...

*
* *

Hier soir, il y avait dîner à Nerval ; le Vicomte et la Vicomtesse de Siamère étaient nos hôtes.

J'ai revu la douce et triste Anita qui m'a semblé plus douce, plus triste encore.

— Quel secret cache ce front charmant?

L'amour d'autrefois (*) est-il le ver qui ronge ce beau fruit et le désagrège lentement?

Après le dîner, pendant lequel nous n'avons pu échanger un mot, la jeune femme s'est rapprochée de moi, et m'entourant la taille de ses bras, avec cette grâce affectueuse qu'ont les toutes jeunes filles, elle m'a dit tendrement :

— Eh bien, Madelon, trouvez-vous un peu plus de joie à vivre?

J'ai répondu sincère :

— Oui, plus de joie, mais aussi plus de tristesse.

Elle a souri :

— Je comprends que le soleil d'été, qui dore les moissons, dore aussi vos rêves ; de là votre joie ; mais votre tristesse?

— Elle vient de la beauté des rêves entrevus et de leur triste réalisation.

(*) Voir *Le Journal d'une Amoureuse*, même collection.

— S'ils ne sont encore que des rêves, vous ignorez quand et comment ils se réaliseront.

— Je sais qu'ils sont vains.

— Amie, tout peut arriver.

Après un instant de silence, et comme sous le coup d'une pensée soudaine, Anita interrogea :

— Et M. Georges, comment le trouvez-vous ?

— Très bien.

— Et très bon, n'est-ce pas ?

— Oh ! oui.

— Alors. Ce n'est pas de lui que vous viennent ces tristesses ?

— Non ! mais de Mlle de Bernon.

— Ah ! Suzanne n'a pas abdiqué sa méchanceté ?

— Elle paraît être meilleure ; mais je devine que sa bonté est perfide.

— Vous avez raison. Il est même étonnant qu'elle n'ait pas, au contraire, redoublé de méchanceté à votre égard. Elle doit cependant être jalouse de Georges.

J'interrogeai, la voix changée :

— Elle l'aime, n'est-ce pas ?

Devant mon émotion, Anita ne répondit pas, mais me considérant avec attention, elle me demanda soudainement :

— Et vous ?

Interloquée, je ne répondis pas tout d'abord.

L'aimais-je ? Je ne m'étais jamais posé cette question. Mais tout en moi répondait :

— Oh ! oui, de toute mon âme !

Anita reprit doucement :

— Apprendre à aimer, c'est apprendre à souffrir. Je comprends votre tristesse, amie. Mais, enfin, qui sait?

— Georges aime Suzanne, répondis-je.

— Pas comme vous le croyez. Il l'aime d'amitié, non d'amour.

— Ce n'est pas possible, Suzanne est si belle et si bonne à ses yeux !

— La beauté, la bonté ne commandent pas à l'amour. Je vous le répète, Magdeleine : Je ne crois pas que M. Georges ait encore songé à faire de Suzanne sa femme.

— Oh ! si c'était vrai ! Tout plutôt que celà, car ce serait un sacrilège.

— Qui ne se commettra pas, je l'espère avec vous. Enfin, amie, vous avez assez de raison pour savoir par vous-même combien peu réalisable est votre rêve... Je vous recommande seulement une chose : Ne faites jamais qu'un mariage d'amour. N'aliénez pas votre liberté pour un peu d'argent. Croyez-moi, il faut mieux soupirer après d'irréalisées images que de pleurer sur des ruines.

Sa voix tremblait. Je compris combien grande encore était la souffrance d'amour qui torturait ce pauvre cœur, et entourant sa taille de mon bras, je l'embrassai tendrement, en murmurant :

— La douleur d'aimer sans espoir nous fait doublement sœurs. Anita, je vous aime de tout mon cœur.

— Et moi, chérie, je ferai tout mon possible pour vous aider à arriver au bonheur.

— Merci.

Nous nous étreignîmes une fois encore et nous regagnâmes le grand salon où le Marquis discutait spiritisme avec le Vicomte, tandis que Suzanne coquetait avec les deux frères.

— Si nous faisions un peu de musique ? demanda Anita qui connaît mon talent.

— Certainement, appuya Georges, d'autant plus que nous avons le bonheur de posséder en Mademoiselle, une véritable artiste. Chantez-vous, Mlle Magdeleine ?

— Je chantais autrefois ; mais depuis la mort de ma pauvre mère personne n'a entendu ma voix.

— Vous serait-il pénible de chanter ce soir ?

— Pour vous être agréable, j'essaierai, mais il faut m'être indulgent.

— Je vous le promets ; puis se retournant vers Mme de Siamère.

— Et vous, Madame, ne l'accompagnerez-vous pas ?

— Si je puis être de quelque secours à Magdeleine, j'y consens.

Nous nous sommes approchées du piano, nous avons feuilleté la musique, puis le silence s'étant fait, j'ai commencé, très émue, mais bien en voix, le *Soir* de Lamartine.

Le soir ramène le silence
Assis sur ces rochers déserts,
Je suis dans le vague des airs
Le char de la nuit qui s'avance.

Ces beaux vers étaient en parfaite harmonie avec mon âme en proie à la tristesse de la mort et à la détresse d'un amour sans espoir.

Quand j'eus fini, des pleurs coulaient sur mon visage. Encore sous le charme personne ne songeait à m'applaudir. Le silence continuait ; mais bientôt il se fondit en un concert de louanges.

— Vous avez chanté divinement, dit Anita dont les yeux étaient mouillés de larmes.

— Vous êtes une inspirée, une *médium*, ajouta le vieux marquis. Les grands esprits qui furent sur terre de grands compositeurs, Mozart, Beethoven, Gounod, etc., s'incarnent en vous.

Georges, enthousiasmé, vint à moi, les mains tendues.

— Je n'ai jamais entendu rien de plus beau, Mademoiselle.

Et son étreinte me fit mal, tant elle fut passionnée.

Oh ! la flamme de ses grands yeux !

J'avais le cœur serré ! Pareille aux vrais artistes, je ressens ce que j'exprime, et j'étais brisée par la douleur et la passion.

On s'en aperçut.

— Il faut laisser cette jeune fille se remettre, dit Mme de Siamère.

— Voulez-vous faire le tour du jardin ? interrogea Georges en m'offrant son bras. Il fait très chaud ici, et au dehors l'air est très doux ; le calme de la nuit descendra sur vous.

Heureuse, j'acceptai.

Lentement, nous fîmes le tour des parterres ; les roses et la verveine, embaumaient l'air tandis que du ciel très bleu, tombait sur nous la lumière blanche de la lune.

— Dans l'Inde, c'est l'heure sainte, dit Georges. Là bas, quand la lune dessine violemment l'ombre colossale des temples, les Indous superstitieux croient voir des spectres.

— Alors, dis-je, dans une autre existence j'ai dû vivre dans ce pays, car, moi aussi, j'ai peur de la lune et des fantômes.

— Et des Indoues vous avez gardé les grands yeux. Mais aussi Mademoiselle Magdeleine, si la métempsychose existe, dans le royaume des plantes vous avez dû être sensitive, et dans le royaume des oiseaux, rossignol.

J'ai souri.

A ce moment une ombre se profila sur le sable de l'allée ; nous nous retournâmes, Pierre était derrière nous.

Etait-ce la blancheur lunaire? son visage me parût très pâle.

— Pierre, dit Georges irrité, pourquoi sors-tu? Tu sais que l'air de la nuit te fait du mal.

Le jeune homme répondit avec le ton exalté que j'avais déjà constaté le soir du baiser :

— Que m'importe vivre six mois de plus ou de moins ! Pourvu que je vive comme les autres, que je goûte comme les autres aux joies terrestres !

— Il fallait tout au moins prendre un pardessus !

Pierre ne répondit pas. Il se rapprocha de moi, et me demanda affectueusement.

— Etes-vous mieux ?

— Oui, je vous remercie, l'air de la nuit m'a fait du bien.

— Ce qui est mal pour moi, est bon pour vous ! Quand vous serez dans la joie, moi je serai dans la peine.

Son ton était étrange, profondément triste. Il avait parlé très bas ; son frère n'entendit pas.

— Pierre, qu'avez-vous ce soir ? questionnai-je, en lui prenant la main.

— Je souffre.

— Physiquement ou moralement ?

— Les deux.

Sa voix avait une telle expression de découragement, que la pitié dans mon cœur chassa l'amour. Je quittai le bras de Georges et pris celui de Pierre.

Georges comprit que je voulais parler à son frère.

— Ces dames voudront peut-être aussi goûter la fraîcheur de cette nuit, dit-il, je vais le leur demander, Pierre, je te confie Mlle Magdeleine.

Il s'éloigna.

— Petit frère, dit-je alors, puis-je au moins soulager l'une de ces deux souffrances. Quel chagrin vous torture ?

— Celui de voir l'avenir m'échapper.

— Encore ces tristes idées ?

— Au seuil du tombeau, peut-on en avoir de plus gaies ?

R.F.

— Et la guérison ?

— Elle ne viendra pas. D'ailleurs peu m'importe, je n'aime plus la vie.

— Même avec une amie telle que moi ?

Il ne répondit pas. Se penchant sur un massif de verveines, il cueillit quelques fleurs.

— On prétend dit-il que ces fleurs sont des talismans d'amour ; elles vous seraient inutiles, tandis qu'à moi...

Il n'acheva pas, mais garda les fleurs.

Un silence suivit ; puis brusquement Pierre me demanda :

— Magdeleine, voulez-vous être ma femme ? Je sais que vous allez me répondre : vous êtes malade. C'est vrai, mais votre amour me guérira, j'en suis convaincu.

— Guérissez d'abord, murmurai-je embarrassée.

Mais il reprit vivement :

— Et quand même, je ne guérirais pas ! Mon amour ne serait-il pas le bonheur pour vous ? Ne vous assurerait-il pas un rang dans cette maison, et la tranquillité de l'avenir.

— C'est pour cela que je ne puis accepter.

— Alors vous refusez ?

— Pierre, je vous en prie...

— Vous ne m'aimez pas assez pour tenter de me guérir, et pour donner à un mourant la seule joie qu'il demande à la vie ?

— Pierre, par pitié...

J'étais très émue. J'aurais voulu donner à cet en-

BIBLIOTHÈQUE NATIONALE R.F.

fant tout le bonheur qu'il m'était possible de dispenser, mais l'épouser ! Non ; ce n'eût pas été loyal. Mon cœur appartenait trop à un autre. D'ailleurs, quand seraient jaunies les feuilles des arbres qui nous entouraient, qui sait où serait le pauvre enfant ?

Nous étions arrivés dans une allée qu'assombrissaient de grands arbres.

Je passai mon bras autour du cou de celui que je considérais comme mon frère.

— Mon petit Pierre chéri, ne me demandez pas d'être autre chose pour vous, que ce que je suis présentement, et ne torturez pas mon cœur par un rêve impossible. Vous êtes mon enfant. Je vous aime avec la tendresse et le dévouement des mères.

Et je déposai un long baiser sur le front soucieux.

Puis craignant une nouvelle explosion de passion, je me hâtai de regagner la lumière.

Je croisai Suzanne appuyée au bras de Georges. Ils se parlaient très bas ; de ses lèvres la jeune fille effleurait presque la fine moustache brune. — Que pouvaient-ils se dire, ainsi ?

Mon cœur se serra ; mais je considérai Pierre dont le visage s'était transfiguré sous mon baiser et heureuse du bonheur que j'avais donné, je repris le chemin du château.

*
* *

Ce matin, devançant l'heure habituelle, le Marquis m'a fait appeler. Il était grave, presque sévère.

— Mlle Magdeleine, me dit-il, une lettre perdue par vous, m'a mis au courant de choses que j'aurais voulu toujours ignorer. Vous n'êtes pas digne de la confiance que tous ici nous vous témoignons.

J'ai pâli. A peine si j'ai pu articuler :

— Que voulez-vous dire ? M. le Marquis.

— Que je vous croyais la plus honnête des jeunes filles.

— Ne le suis-je donc plus ? murmurai-je bouleversée.

— Mon enfant, reprit le Marquis, s'efforçant de paraître calme, il est inutile de chercher à me tromper plus longtemps, car j'ai contre vous une preuve irréfutable.

Je restai anéantie.

— Qui est ? interrogeai-je.

— Cette lettre.

Et il me la tendit.

Je l'examinai vivement, l'écriture m'était inconnue.

Avec grand'peine, tant mon trouble était grand, je lus :

« Magdeleine chérie,

« Pourquoi ne pas venir plus souvent ? Tu sais combien ta présence m'est chère, et combien languissent les jours où je ne te vois pas. Ne peux-tu déjouer la surveillance de ceux qui t'entourent, venir *me retrouver le soir*, la nuit, dans notre chambre d'amour, comme tu le faisais autrefois, avant que ce Georges de malheur, comme un oiseau de mauvais augure, ne soit venu troubler notre félicité?

« Ne sais-tu pas que j'en suis jaloux et que son image me torture comme un cauchemar? — Ambitieuse, intelligente et jolie, tes malheurs t'attirent les sympathies; et tu te dis que le titre de Marquise de Nerval est enviable, que tu ne serais pas indigne de le porter.

« Madelon, Madelon, pense à mon amour; rien n'égalera la tendresse que j'ai pour toi, et personne ne désirera ton bonheur aussi vivement que moi.

« Mais Magdeleine jolie, le bonheur pour toi n'est-il pas la réalisation du rêve que ton ambition à fait naître?

« Viens me rassurer, viens par ta présence guérir la blessure que le doute a fait en mon cœur.

« A ce soir »

H.....

Je n'eus qu'un cri;

— Mais cette lettre ne m'appartient pas, M. le marquis, elle n'a jamais été pour moi!

— Elle vous désigne assez clairement, cependant, pour qu'il soit impossible de se méprendre.

— C'est vrai; cette similitude de noms est incroyable; mais je vous jure que cette lettre n'a jamais été pour moi, que je n'ai jamais quitté le château sans votre permission, que j'ignore quel est le nom qui se cache sous cette initiale H!

— Cependant, mon enfant...

— M. le Marquis, qui vous a remis cette lettre?

— Personne. Je l'ai trouvée moi-même, ici, derrière ce fauteuil où vous avez l'habitude de vous asseoir.

Je pris ma tête dans mes mains, cherchant à comprimer le battement de mes artères. Je me sentais devenir folle.

Tout à coup un nom, comme une lueur, brilla dans la nuit qui m'entourait : Suzanne !

Elle ! ce devait-être elle qui avait ourdi ce complot pour me perdre à jamais !

Je cherchai à reprendre un peu de calme et demandai :

— Avant de me parler de cette lettre, M. le marquis, n'avez-vous pas tenté de savoir la vérité en me faisant surveiller ?

— Je ne vous le cache pas. Depuis cinq jours cette lettre est entre mes mains. J'ai épié votre visage pour tenter d'y lire une expression d'inquiétude, quand vous vous apercevriez de la disparition de cette lettre, je vous ai fait suivre partout, dans le parc et en dehors du parc...

— Et vous n'avez rien découvert ?

— J'en conviens.

— Vous ne pourriez rien découvrir, car cette lettre, M. le marquis, est une infâmie, car je vous jure sur tout ce que j'ai de plus sacré, que cette lettre n'est pas à moi, qu'elle ne m'a jamais été adressée !

Et comme le marquis continuait de secouer la tête d'un air de doute :

— Je vous le jure, sur la tombe de ma mère, je vous le jure sur l'honneur de ma famille, je vous le jure sur la vie de votre fils, Pierre, que je chéris comme un frère !

Mais les mots s'étranglèrent dans ma gorge et en proie à une horrible crise de nerfs, je m'abattis sur le tapis, heurtant ma tête aux meubles, criant ma souffrance, réclamant la mort. Puis je perdis connaissance.

... Quand je repris mes sens, j'étais étendue sur mon lit, tandis que la vieille Marie, penchée sur moi, épiait mon réveil.

— Ma pauvrette, me dit-elle, avec bonté, comment allez-vous ?

— Je ne sais encore !... je ne sais plus...

— Pauvre petite, comme on vous a fait souffrir !

— Mais qui ? qui ? criai-je me souvenant tout à coup. Oh ! il faut le savoir ; il faut que la vérité se fasse jour ! Que l'on fouille tout ici, dans cette chambre d'où je n'ai eu le temps de rien faire disparaître !

— Point n'est besoin. M. le marquis vous a rendu sa confiance entièrement. D'ailleurs, malgré les preuves, jamais il n'avait pu ajouter complètement foi à cette odieuse histoire. Puisse celle qui l'a tramée en être punie !

— Soupçonne-t-on quelqu'un ? A-t-on des preuves contre elle ? interrogeai-je vivement.

— Nous avons des preuves quasi-morales, mais matérielles, nous n'en aurons peut-être jamais.

— Mon Dieu ! Mon Dieu ! que lui ai-je fait pour *qu'elle me* torture ainsi ? Enfin, c'est fini, je ne veux plus lutter, je suis vaincue.

Devant mon exaltation désespérée, la vieille Marie me rudoya affectueusement.

— Voyons, Mlle Magdeleine, soyez plus calme. M. le marquis va venir lui-même, tout à l'heure, vous assurer de sa confiance et de son estime.

En effet, quelques instants plus tard, le Marquis vint s'asseoir à mon chevet. Ce n'était plus un juge que je retrouvais, mais un père, et je sentis qu'entre lui et moi ne régnait plus aucun soupçon.

Il se pencha vers moi, et me baisant au front :

— Allons, petite, du calme ; ne pleurons plus. Tout est redevenu paisible ; je vous aime et vous estime comme autrefois.

...Malgré cette assurance je continue à être désolée ; et cette scène m'a à un tel point brisée, que je ne puis quitter mon lit.

De la fenêtre, près de laquelle je me suis traînée tout à l'heure, j'ai aperçu Georges. Comme s'il pressentait ma présence, il a levé les yeux et m'a saluée d'un geste affectueux.

Connaît-il la vérité ?

***

Pendant une semaine encore, j'ai gardé la chambre, une main trop rude avait froissé la sensitive et celle-ci repliée sur elle-même croyait ne plus jamais se rouvrir aux rayons du soleil.

Chaque jour, le Marquis est venu me visiter, chaque jour la vieille Marie m'a apporté les vœux de Georges et une lettre de petit Pierre, si douce, si affectueuse qu'à ma détresse, cette amitié a été le meilleur remède.

Le docteur qui le soigne est venu me visiter. C'est un ami de la famille de Nerval, un vieillard très doux et très-bon. Par lui, j'ai pu avoir un pronostic certain sur la maladie de Pierre.

Quand je l'ai interrogé, le docteur a secoué la tête, avec tristesse.

— Le pauvre enfant est à l'heure où l'on peut commencer les prières des mourants. L'extérieur demeure charmant, l'intérieur est horriblement ravagé. Il est semblable à ces bulles de savon qui s'évanouissent au moindre souffle.

— Mon Dieu, Docteur, que sera l'automne pour lui ?

Il hocha la tête :

— L'automne ? son tombeau, sans doute ; à moins que d'ici-là, une imprudence... une émotion... ne hâte le dénoûment.

Pauvre petit Pierre, que deviendra-t-il alors, quand il apprendra que je vais quitter Nerval ; car ma résolution est bien prise, ma dignité me commande de ne pas demeurer plus longtemps dans cette maison, où la méchanceté me poursuit sans trêve.

Je sais, par la vieille Marie, qu'une explication a

eu lieu entre Suzanne et le Marquis. Celui-ci est convaincu que la jeune fille est l'auteur de la lettre qui a failli me perdre; il le lui a dit.

Mlle de Bernon s'est récriée, très hautaine, refusant même de se défendre.

— L'écriture n'est pas la vôtre, a ajouté le Marquis, car vous êtes trop habile pour l'avoir écrite vous-même. Vous avez eu recours à une autre personne; à Joséphine par exemple, votre femme de chambre. Et si je voulais lui demander un spécimen d'écriture, j'en aurais une preuve convaincante.

Mais je n'infligerai pas à votre orgueil, cette humiliation. Seulement, souvenez-vous, Suzanne, que désormais vous serez responsable de toutes les larmes que versera cette jeune fille, et qu'en l'attaquant c'est moi que vous attaquerez!

A dessein, pour éviter de revoir mon ennemie, j'ai prolongé ma convalescence. Aujourd'hui seulement, je suis descendue après le déjeuner pour respirer un peu l'air frais, sous les ombrages du parc. — Je n'avais prévenu personne de mon intention et cependant, au bas de l'escalier, petit Pierre m'attendait.

Tout rose du bonheur de me revoir, il m'a tendu la main, m'a attirée tout contre lui et ses lèvres ont mis sur mon cou un furtif baiser.

— Magdeleine a-t-il murmuré très ému.

— Pierre, mon petit Pierre! répondis-je, émue moi aussi de la tendresse que n'avait cessé de me témoigner cet enfant.

Lentement, nous nous sommes promenés sous les arbres séculaires.

Pierre, de sa voix douce, m'a dit combien il avait été attristé et révolté de ce qui était arrivé. Son frère, lui aussi, a tout appris, et ses yeux sont dessillés. Cela a augmenté sa sympathie pour moi, en lui faisant comprendre combien étaient justifiées mes craintes de jadis.

Je n'ai pas osé confier au jeune homme l'intention que j'avais de quitter Nerval.

Cependant après la promenade, je l'ai quitté et me suis dirigée vers le cabinet du Marquis.

— Je viens vous remercier, lui ai-je dit de la confiance que m'avez rendue et de la sollicitude que vous m'avez témoignée. Mais je ne veux pas vous cacher plus longtemps l'intention que j'ai de quitter Nerval.

— Quitter Nerval ! Pourquoi ? Mes soupçons d'un instant vous ont-ils fait une blessure si profonde ? — Certes, ce coup a été infâme, mais, mon enfant, vous n'avez plus de crainte à avoir, je suis pour toujours votre défenseur et votre ami.

— Je vous en remercie, M. le marquis ; mais malgré l'assurance que vous me donnez, je sais qu'à votre insu, on trouverait encore le moyen de me faire d'autres blessures ; je préfère abandonner la lutte.

— Où irez-vous ? que ferez-vous ? ma pauvre enfant.

— J'irai à l'étranger, comme institutrice.

— Petite, vous souffrirez plus qu'ici où vous avez

trouvé une véritable famille. Je vous aime comme une fille, mes fils comme une sœur. Cette affection ne prévaudra-t-elle pas contre la haine ?

— Hélas ! M. le Marquis...

— Enfin, mon enfant, réfléchissez. Moi, je vous prie de rester.

Je l'ai quitté sans rien promettre.

Que faire ?

*
* *

Je reste. L'amitié a eu raison de la haine. Les chers visages de Georges, de Pierre, d'Anita ont éclipsé la sombre figure de Mlle de Bernon.

Non ! C'est inutile, je ne pourrais jamais leur dire adieu ; je suis des leurs maintenant !

— Petite sœur, m'a dit Pierre, des pleurs dans la voix ; vous allez donc nous quitter ? Dites, ce n'est pas possible ! Vous ne m'abandonnerez pas ainsi !

— Pierre, il le faut.

— Non, non ! je ne le veux pas !

Et apercevant son frère qui venait vers nous :

— Georges ! elle veut nous quitter !

Il m'a semblé percevoir une émotion sur le beau visage du jeune homme.

Lui aussi s'est écrié :

— Ce n'est pas possible !

— Si, je me sens tellement brisée que je ne pourrai jamais résister à de nouveaux chocs.

Je le comprends ; mais ils ne se reproduiront plus.

Sceptique, j'ai secoué la tête.

Avec une caresse dans la voix, Georges a insisté :

— Notre amitié vous enveloppera si bien qu'elle sera pour le mal une barrière infranchissable.

— Si c'était vrai ! — Je suis si lasse de souffrir !

— En nous quittant, Mlle Magdeleine, vous allez droit à la souffrance que vous voulez fuir. Restez avec nous, nous vous défendrons.

— Ne me tentez pas !... Il me paraît si dur de me séparer de vous !

— Eh bien, ne nous quittez pas, Mlle Magdeleine, nous vous en prions mon frère et moi.

Un instant, j'ai hésité encore, mais cédant vite à la prière de ces deux êtres que j'adore, je leur ai tendu les mains.

— Je reste, ai-je dit. Je vous aime plus que je ne la hais, elle ! Je me mets sous votre protection.

Le visage de Pierre a rayonné d'une joie infinie, tandis que Georges, de ses beaux yeux, me souriait.

Depuis la vie a repris semblable à autrefois. Suzanne est plus froide encore, le Marquis, Georges et Pierre, plus affectueux. Leur amitié est telle qu'il me semble parfois qu'un lien familial m'unit à eux. Vraiment, je suis plus *de Nerval* que Mlle de Bernon.

Cependant, je le sens, tout mon bonheur dépend d'un seul être. Si Georges allait repartir ! Quel vide ce serait pour tous et surtout pour moi ! Peu m'importe que mon rêve demeure irréalisé, pourvu que je vive près de lui, que je sente sur moi le rayonnement de ses grands yeux.

Mais repartira-t-il?...

Hier, nous sommes allés passer la journée aux bords des flots bleus, sur la plage de Dives.

La mer très belle se confondait avec le ciel, et scintillait comme un miroir, les voiles blanches des barques ressemblaient à d'immenses oiseaux aux ailes déployées.

Ce large horizon me rappela l'autre, celui qui à Paris s'étendait sous mes fenêtres, et tout à coup revivant le passé, mes yeux se mouillèrent de larmes.

Georges s'en aperçut et vint à moi.

— Magdeleine, pourquoi cette tristesse ? Ce spectacle n'est-il pas beau ?

— Trop beau ! Il me donne la nostalgie du passé.

Et je lui parlai de l'autrefois, de ma vie de pauvreté et de tendresse aux côtés de ma mère, là-bas, sous les toits, où nous étions si près du ciel, qu'insensiblement l'âme de ma bien-aimée s'y était envolée.

— Tout cela, c'est le passé, ma pauvre enfant, et puisqu'il ne peut revenir, dites-lui adieu. — A moi aussi, cette immensité en rappelle d'autres : l'immensité des sables, l'immensité des mers, comptemplée sous les cieux d'Asie et d'Afrique. A elles aussi j'ai dit un éternel adieu.

Une flamme joyeuse vint sécher mes larmes.

— Vous ne repartirez plus ?

— Non, la nostalgie du pays natal prime toutes les autres.

Les yeux du jeune homme fixaient les miens et me disaient tant de choses, que je détournai mes regards.

Oh ! ses yeux que je prétendais si bien comprendre, ne me trompent-ils pas aujourd'hui ?

* * *

... Une nuit splendide, une de ces nuits qui font pressentir la béatitude céleste. Les fenêtres du grand salon sont ouvertes sur le parc d'où vient un parfum grisant. Tout là-bas, un rossignol chante et lentement la Majesté blanche de la lune s'élève dans le ciel très pur, effaçant par son éclat les princesses bleues qui l'entourent. Avec le Vicomte et la Vicomtesse de Siamère, nous sommes tous réunis en une intime causerie. L'alanguissement de cette fin de journée qui s'éteint comme bientôt l'été va s'éteindre s'empare aussi de nous, nous rapprochant, nous unissant comme à l'approche d'une séparation.

— Quelle enchanteresse, que cette nuit d'été ! soupire Pierre. On dirait une princesse de légende qui, voilée de mauve, habillée de bleu, lentement s'avance vers nous. Pour que l'ensorcellement fut complet, Magdeleine devrait lui prêter sa voix ; et jamais sur terre je n'aurais connu plus beau soir, que ce soir.

J'accédai au désir de mon enfant chéri, et au milieu du recueillement ma voix s'éleva en une plaintive élégie :

Le soir à l'heure où tout sur cette terre
S'efface et meurt sous le soleil couchant,
J'aime à venir pensive et solitaire
Ici rêver et chanter en pleurant.
Emporte-moi brise légère,
Là-bas où vont tous mes soupirs,
Où vont mes vœux et ma prière,
Aux lieux cachés de mes désirs.

. . . .

Quand j'eus fini, le même silence recueilli, la même émotion qu'autrefois rendirent hommage à mon chant, puis ce fut un concert de louanges.

— Allons saluer la nuit, proposa Georges, cherchant à dissiper l'émotion qui continuait de m'étreindre.

Il m'offrit le bras. Nous quittâmes le salon et entrâmes dans le parc. Une mystérieuse clarté nous enveloppait. Mais je n'avais plus peur : si des fantômes nous entouraient c'étaient des fantômes d'amour.

Nous marchions silencieux, trop émus pour trouver une parole. Nous pressentions que le Bonheur planait sur nous, et nous l'attendions dans une sorte de recueillement. Je savais que Georges allait parler, que j'étais arrivée à une de ces minutes décisives où l'existence change brusquement.

Il dit, très bas, l'émotion faisant trembler sa voix :

— Là-bas en Orient, c'est l'heure de la sérénité sainte ; ici, Magdeleine sera-ce pour nous l'heure d'amour ?

Nous étions arrivés près d'un berceau de feuillage qui abritait un banc.

Georges m'y fit asseoir et prit place à mes côtés.

Dans le silence, il me semblait entendre palpiter nos cœurs.

Mon compagnon me prit la main et ses grands yeux plongèrent dans les miens :

— Magdeleine, je vous aime... voulez-vous être ma femme?

J'eus un cri :

— Moi ! c'est impossible !

— Impossible? pourquoi ?

— Ma situation... votre père... balbutiai-je si émue que je me sentais prête à défaillir.

— J'ai pressenti mon père avant de vous faire cet aveu ; quant à votre situation, elle changera avec votre réponse.

Incapable de discuter plus longtemps, de repousser le bonheur qui s'offrait à moi, si grand que je n'avais jamais osé l'envisager tel, je laissai tomber ma tête sur son épaule et dans un souffle, je murmurai :

— Je vous aime.

Sur mes lèvres, Georges but mon aveu.

. . . .

Mais à cet instant, un cri et un râle retentirent derrière nous. L'un et l'autre révélaient une telle douleur, qu'en un instant, nous fûmes debout.

Derrière la charmille, nous vîmes Suzanne dont la pâleur était effrayante. A ses pieds, dans l'herbe, petit Pierre était étendu.

Je compris tout. L'un et l'autre avaient entendu ; notre aveu avait été le coup de mort pour eux.

— Pierre, mon petit Pierre, murmurai-je en m'agenouillant dans l'herbe, près de lui.

Le jeune homme semblait privé de connaissance. Je soulevai sa tête décolorée ; du sang empourprait ses lèvres. A mes côtés, Georges aussi s'était agenouillé. Tous les deux, nous échangeâmes un regard de détresse.

— Il a entendu, dis-je, et c'est là ce qui l'a tué. Dans mon ivresse, je l'avais oublié, le pauvre enfant.

— Il vous aimait donc d'amour ?

— Oui, et il avait fait le même rêve que vous.

— Pauvre Pierre !

Je me penchai plus encore, je baisai le front pâle, cherchant par mes caresses à ranimer le pauvre petit.

Je me souvenais des paroles du docteur :

... A moins que d'ici l'automne, une émotion... — Mon Dieu, est-ce qu'il allait mourir ?

— Il faut demander du secours, dit Georges, Suzanne, vite, allez au château, avertir.

Quelques minutes plus tard on emportait Pierre. Il avait rouvert les yeux et me regardait, tandis que sa main serrait la mienne.

— Ne me quittez pas, articula-t-il difficilement.

— Non, Pierre, je resterai près de vous, toujours.

Il répondit d'un ton navrant :

— Toujours... ce ne sera pas long... heureusement pour tous les deux !

Je détournai la tête pour cacher mes larmes.

Bientôt, il fut étendu sur son lit, tandis qu'arrivait le Docteur qu'on était allé mander en hâte.

Son diagnostic fut terrible :

— Une violente émotion a brusquement achevé l'œuvre lente de la maladie. Ce jeune homme n'a plus que quelques heures à vivre.

— Mon Dieu !

Agenouillée au pied lit, la tête dans mes mains, je demeurais absorbée dans ma douleur :

Tout s'effaçait devant cette mort ; l'amour de Georges s'inclinait devant ma pitié pour Pierre.

Derrière les rideaux du lit, le vieux Marquis, malgré son stoïcisme sanglotait.

Le docteur résolut de ne pas s'éloigner et lentement, dans un silence religieux, les heures de la nuit s'écoulèrent.

Pierre semblait ne pas souffrir, il demeurait immobile, ses deux yeux bleus fixés sur mon visage.

Après l'arrivée du Docteur, Anita et son mari s'étaient retirés. A minuit, comme le malade n'allait pas plus mal, Georges força le Marquis à prendre un peu de repos. Suzanne elle aussi quitta la chambre. Pâle et silencieuse, au fond d'elle-même, elle devait souffrir horriblement. Le seul point vulnérable de son âme avait été touché, et ce n'était pas sur Pierre que coulaient ses larmes.

Quand Georges et moi, nous fûmes demeurés seuls près du malade, celui-ci me fit signe de m'approcher.

— ... Magdeleine, me dit-il très bas, d'une voix

entrecoupée, légère comme un souffle, ...malgré tout... je suis heureux. . J'avais fait un rêve... irréalisable... Mon frère vous donnera... le bonheur... que j'aurais voulu vous donner... En vous quittant... je n'ai pas le chagrin de vous savoir malheureuse...

Je l'interrompis :

— Pierre ne parlez pas ainsi ; vous vivrez au contraire pour ne plus me quitter.

— Non... Tout est bien ainsi... Dans la vie qui commence pour moi... la jalousie est ignorée... je ne pourrai qu'être heureux .. de vous voir heureuse... Georges, aime-la comme je l'aurais aimée !

Sa voix était si triste et si douce que Georges tomba à genoux :

— Mon frère pardonne-moi.

— Te pardonner ? pourquoi ? parce que tu l'as aimée ? n'était-ce pas tout naturel ?

J'éclatai en sanglots :

— Pierre, mon petit Pierre, je ne vous oublierai jamais, et votre mort laissera en moi la blessure que la mort des enfants laisse au cœur des mères.

Il sourit :

— Je sens à cette heure que vous m'aimiez bien. Merci, Magdeleine.

Le Docteur nous fit signe ; nous nous écartâmes du lit.

Bientôt un sommeil fiévreux s'empara du moribond. La fièvre lui donnait une force factice. Il parlait. Mon nom revenait souvent sur ses lèvres, mêlé à celui de Blanche, la pauvre amoureuse folle.

— Elle est la seule qui m'ait aimé, disait-il. Pourquoi n'est-elle pas là ? Il faut qu'elle vienne me dire adieu, Ah ! son Marcel qui va mourir, mourir une seconde fois !... Pauvre Blanche, elle m'aimait !...

— Dès que le jour paraîtra, nous l'enverrons chercher, dit le Docteur. L'émotion lui sera peut-être favorable. La douleur pourra la rendre à la raison.

. . . .

Pauvre Blanche ! Elle vint au matin alors que le malade était à un tel point affaibli qu'il ne pouvait plus que parler très difficilement.

Elle apparut dans la chambre sombre, au milieu de ce deuil, comme un ange éblouissant. Parée de son sourire, elle arrivait un peu étonnée, ne comprenant rien au luxe qui l'entourait, sachant seulement que son Marcel était malade ; mais certaine de le guérir par la force de son amour.

Sa mère l'accompagnait.

Au seuil, je l'arrêtai. Je craignais une explosion de tendresse ou de larmes trop violente pour le mourant.

— Ma pauvre chérie, dis-je en l'embrassant, Marcel est bien malade ; il a demandé à vous voir ; venez l'embrasser, mais ne le fatiguez pas de paroles et de caresses.

— Mon Dieu, il est donc bien malade, fit-elle, joignant les mains d'un air suppliant, tandis que ses beaux yeux se mouillaient de larmes.

— Oui, pas de bruit, du calme, du courage.

[library stamp]

BIBLIOTHÈQUE NATIONALE R.F.

Elle s'approcha en tremblant.

— Marcel, mon petit Marcel, sanglota-t-elle, en laissant tomber sa tête blonde sur l'oreiller, près du mourant.

— Ma petite Blanche, murmura celui-ci en posant ses lèvres sur le front de la jeune fille.

Mais ce fut tout ce qu'il put lui dire. Après ces mots, il retomba dans l'assoupissement.

J'attirai la jeune fille à l'écart; elle sanglotait :

— Oh ! il est bien malade, disait-elle. D'ailleurs pourquoi est-il ici, ce n'est pas chez lui.

— M. le Comte l'a fait transporter dans cette chambre où il est beaucoup mieux.

Elle me regarda de son beau regard limpide, où toujours rayonnait l'extase.

— Oh ! j'ai tant de mal à comprendre ! Et je suis si malheureuse de le voir malade.

Et elle s'écroula sur un fauteuil, en sanglotant.

En ce moment la voix de Pierre se fit entendre.

— Magdeleine, cria-t-il, adieu !

Je me précipitai vers le lit. Le mourant esquissa un sourire, puis retomba inanimé.

Alors, dans la chambre, un immense cri de douleur s'éleva. Le vieux Marquis dans la majesté de la Vieillesse et de la Douleur s'avança vers le lit.

— Adieu, mon pauvre enfant ! Que les bons Esprits t'éclairent et te conduisent à Dieu !

Un silence solennel suivit, interrompu seulement par des sanglots.

Cependant au milieu de la douleur générale, l'homme de science n'oubliait pas son devoir.

Il prit la main de Blanche qui regardait sans comprendre ; il la força à se lever, à venir près du lit.

— Mon enfant, dit-il lentement, dites adieu à votre Marcel ; car vous ne le verrez plus ; c'est fini ; il est mort.

— Mort ? questionna la jeune fille, tandis que ses yeux, où passait une vision d'horreur, fixaient le Docteur.

— Oui, mort ! Regardez, Blanche, ne vous souvenez-vous pas ?... Marcel !... Mort !... Tué !...

L'expression d'horreur grandissait sur le visage de la pauvre enfant.

En face de ces trois mots : Marcel ! — Mort ! — Tué ! elle semblait voir un gouffre. Elle se voila le visage de ses mains, mais le Docteur impitoyable les écarta.

— Regardez, Blanche. — Marcel est mort !

Et il força la jeune fille à s'incliner sur le pâle visage de Pierre.

Alors, elle eut un cri déchirant.

— Ah ! oui ! mort !... lui !... Mort !... comme l'autre !

Et elle tomba inanimée au pied du lit.

La malheureuse se souvenait enfin.

La douleur l'avait rendue à la raison.

. . . .

Et maintenant, le château, le pays entier est en

deuil. Le pauvre enfant repose encore sur le lit qu'il quittera demain pour aller dormir son dernier sommeil là-bas près de sa mère, sous la croix de pierre qui présida à notre amitié.

Ma pitié n'avait pas exagéré mon chagrin. C'est vraiment mon enfant que j'ai perdu. — Pourquoi n'ai-je pas su l'aimer autrement? bercer d'un fol espoir les derniers jours qu'il a passés parmi nous? Pourquoi la Pitié n'a-t-elle pas été plus forte que l'Amour?

*
* *

Depuis un mois, Pierre de Nerval dort son dernier sommeil; par respect, délicatesse, tout entiers à notre douleur, Georges et moi n'avons pas repris notre duo d'amour. Nous en sommes restés au premier aveu, au premier baiser.

Une tristesse immense règne sur tout le château, chacun pleure en son cœur l'enfant charmant qui n'est plus.

Dans la chambre voisine de la mienne, une malheureuse créature ressuscite lentement. Sous la rosée amère des larmes, les voiles qui dérobaient le passé à ce pauvre esprit, se soulèvent, rendant Blanche à la raison et à la souffrance.

Je ne la quitte pas, l'aimant comme une sœur, reportant sur elle un peu de la pitoyable tendresse que j'avais pour celui qui n'est plus.

Quel immense désespoir que le sien, et quelle cruauté du Destin qui fait souffrir deux morts à cette frêle créature, dont l'esprit avait sombré au premier chagrin.

Ma présence seule sèche ses larmes, et la promesse que je lui ai faite de ne la quitter jamais lui redonne un peu de courage.

Hélas, qui sait la vie? Je ne puis m'imaginer que cette belle créature soit destinée à pleurer éternellement sur deux tombeaux.

Le coup pour le Marquis a été rude ; cependant sa philosophie l'a puissamment aidé à lutter contre la douleur. Peu à peu il a repris ses habitudes. Seulement, il parle plus souvent encore de la mort, de l'Au-delà et évoque sans cesse l'Esprit de son cher enfant.

Je m'acquitte de mes devoirs avec une pieuse sollicitude. Jusqu'à hier aucune allusion n'avait été faite à mon changement de situation; mais le matin, comme j'allais reprendre ma tâche quotidienne, le Marquis m'arrêta :

— Magdeleine, me dit-il, j'espère que lorsque vous vous rendez près de moi, ce n'est plus le devoir qui vous guide, mais l'affection. Vous ne devez plus vous considérer ici comme une étrangère, mais comme celle qui dans peu, sera ma fille bien-aimée.

— C'est donc vrai, M. le Marquis, malgré ma pauvreté, vous approuvez le choix de votre fils?

— Oui, mon enfant, et je félicite Georges de l'heureux choix qu'il a su faire. Pourquoi faut-il qu'une douleur vienne assombrir notre joie !

Il m'ouvrit les bras ; je m'y précipitai en pleurant : larmes de joie et douleur !

Après le déjeuner, Georges est venu à moi. Ses grands yeux, assombris depuis le mort de son frère, avaient retrouvé le même rayonnement de tendresse que le soir des aveux.

— Magdeleine, me dit-il, voulez-vous que nous allions ensemble accomplir un pieux pèlerinage : visiter la tombe du pauvre enfant, victime un peu de notre amour ?

— Certes, Georges, cette visite en votre compagnie me sera douce.

— Son tombeau n'est-il pas l'autel qui doit recevoir notre serment, n'est-ce pas, de la croix qui le couronne que doit nous venir la bénédiction ?

— Nul mieux que lui ne voudra notre bonheur, et s'il est vrai que les âmes qui ont quitté la terre ont un pouvoir, nul plus que lui pourra nous rendre favorables les puissances occultes qui président aux destinées humaines.

— Alors, amie, je vous attend.

Un instant plus tard, nous nous acheminions vers le cimetière.

Cette première journée d'automne avait le charme alangui de ce qui va mourir. Tout était pâle : le soleil, le ciel, les arbres, d'où tombaient lentement les premières feuilles jaunies, tristes papillons, précurseurs de la Mort.

Émus et recueillis comme le jour où nous suivions

le cercueil de Pierre, nous pénétrâmes dans l'humble cimetière et nous nous dirigeâmes vers la haute croix de marbre noir sur lequel brille en lettres d'or le nom des Marquis de Nerval.

J'avais apporté une gerbe de verveines — ces fleurs d'amour — comme Pierre les avait appelées le soir qu'il rêvait à mes côtés d'avenir et de bonheur.

Un instant nous demeurâmes silencieux, appelant à nous l'âme envolée; puis Georges me prit la main et à mon doigt glissa un jonc d'or sur lequel une gemme tremblait comme une larme.

Il dit alors à voix basse, lentement, comme pour une évocation :

— A toi frère qui nous as tant aimés, je viens présenter celle dont tu m'as recommandé le bonheur, et c'est en face de cette croix que je veux lui donner le baiser de fiançailles.

Il attira ma tête sur son épaule et chastement ses lèvres effleurèrent mon front.

Alors il nous sembla qu'un souffle passait au travers des branches, et venait nous pénétrer de chauds effluves.

Lentement nous revînmes au château. Une douce quiétude nous avait envahis : l'âme de Pierre avait rayonné sur nous.

Pendant le dîner, il ne fut fait aucune allusion à ce qui avait eu lieu. Le Marquis vit ma bague et me sourit.

En face de moi, Suzanne était là, pâle, froide, indifférente.

Cependant, comme j'avançais la main, elle aperçut l'anneau ; son regard devint noir, elle pâlit affreusement et ses doigts laissèrent échapper le verre qu'elle tenait.

En la voyant si pâle, le Marquis s'inquiéta :

— Vous êtes malade, Suzanne ?

Elle répondit avec peine :

— Oui, je vous demande la permission de me retirer.

— Certainement, mon enfant. Prévenez Marie ; elle vous donnera ce dont vous aurez besoin.

Mlle de Bernon sortit.

La soirée se passa en une longue causerie d'amour.

Oh ! la féerie de l'avenir entrevu au travers de nos rêves !

Il était tard quand je me retirai dans ma chambre. Mon cœur battait d'une telle allégresse que j'hésitai à me reposer, à oublier dans le sommeil, ma joie de vivre.

Debout près de la fenêtre, le front appuyé aux vitres, les yeux levés vers les étoiles dont la lueur bleue me rappelait les yeux chers à jamais fermés, je m'attardais à rêver.

Peu après, mon allégresse s'apaisa, la mélancolie jeta une ombre sur son rayonnement.

Je pensais à ma mère, à Pierre, à tous ceux que j'avais perdus, qui manquaient à mon bonheur et je me disais qu'ici-bas tout sourire est trempé de larmes.

Un coup frappé à ma porte vint brusquement me tirer de ma rêverie.

Qui pouvait venir à cette heure ? Blanche ?

Je me disposais à aller ouvrir quand Suzanne parut. Elle semblait plus pâle que son déshabillé blanc ; et ses yeux rougis disaient qu'elle avait pleuré.

D'une voix trop brisée pour être hautaine, elle me dit :

— Je viens pour vous parler, Mademoiselle.

— Je vous écoute, répondis-je simplement en indiquant deux sièges.

Quand nous fûmes assises, elle dit lentement.

— Aujourd'hui, Mademoiselle, ce n'est plus vous qui êtes l'étrangère, mais moi. Un grave événement vient de se passer dans la famille, sans qu'on ait cru devoir m'en avertir.

Je répondis froidement.

— Il me semble, Mademoiselle, que ce n'est pas à moi que vous devez vous en plaindre. Si le chef de la famille n'a pas cru devoir vous en faire part, je n'ai qu'à m'incliner.

Elle reprit la voix tremblante :

— Alors, c'est vrai, vous êtes la fiancée de Georges de Nerval ?

— Oui, Mademoiselle, et dans deux mois je serai sa femme.

— C'est-à-dire que vous serez reine et maîtresse et que vous vous vengerez des humiliations passées.

— Je n'ai pas ces intentions, et vous le savez bien. Quand la Comtesse de Nerval pourra vous traiter en

égale, elle sera heureuse de vous dire : Suzanne oublions le passé; soyons amies.

La jeune fille releva sa tête fière.

— Et vous croyez que j'accepterai?

— Je ferai tout pour cela.

Elle demeura un instant silencieuse, puis changeant de ton :

— Voulez-vous que dès aujourd'hui, nous cimentions cette amitié?

— Ce serait exaucer mon plus cher désir, mais pour cela que faut-il?

— Renoncer à Georges.

— Jamais!

Nous nous étions levées toutes les deux et en face l'une de l'autre, nous semblions nous défier.

— Oh! je sais que je brise votre rêve ambitieux, reprit-elle d'un ton dédaigneux; mais vous auriez des compensations qui vous permettraient de reprendre ailleurs avec succès cette intrigue. Je vous abandonnerais une partie de ma fortune, Georges étant riche pour deux.

— Et vous croyez que parce que je ne serais plus là, il vous aimerait, il vous épouserait?

— Oui, car vous seule l'avez éloigné de moi.

— Avant de me connaître, vous avait-il fait une promesse?

— Non, mais il m'aurait aimée; il m'aimerait.

— C'est impossible, Mademoiselle, Georges m'aime et je serai sa femme; car ce n'est pas un titre et une fortune que je désire, mais lui, lui seul!

Mlle de Bernon eut un geste découragé. La hautaine fille inclina son front altier, sa voix se fit humble :

— Ayez pitié de moi, Magdeleine, car je l'aime et depuis longtemps !

Au souvenir de toutes les humiliations passées je relevai la tête fièrement à mon tour.

— Mlle Suzanne, avez-vous eu pitié de moi, alors que pauvre déclassée, sans personne au monde, je venais ici pour gagner mon pain ? — Un pain que vous avez rendu bien amer ! — Suzanne souvenez-vous, puis-je vous pardonner ?

Baissant toujours la tête ; elle reprit d'une voix très douce :

— Si vous saviez comme je l'aime ! Oui, pour les autres je n'ai pas de cœur ; mais c'est parce que lui l'a tout entier !

— Il est trop tard, Mademoiselle, puisque c'est moi qu'il aime ; puisque c'est à moi qu'il a confié son bonheur.

Elle me prit la main :

— Voyons, Magdeleine, ne soyez pas inflexible. Quittez le château ; je vous donnerai tout l'argent dont je puis disposer... Je sais que cela ne vous dédommagera pas, mais faites-le par bonté pour moi.

Je répondis, très douce aussi :

— Je ne suis pas Jésus pour accorder un pardon aussi complet, pour accepter une pareille torture, afin d'assurer le bonheur de celle qui m'a fait tant de mal.

Puis, voulant mettre fin à cette explication pénible, j'ajoutai :

— D'ailleurs, Mademoiselle, il est inutile de prolonger cette scène. J'ai la parole de Georges comme il a la mienne et rien ne me fera changer.

Mlle de Bernon se leva :

— C'est votre dernier mot ?

— Oui, Mademoiselle.

Silencieuse, elle traversa la chambre.

Arrivée au seuil, elle se détourna, le visage enflammé, les yeux chargés d'éclairs.

— Aventurière, cria-t-elle, soyez maudite ! maudite !! maudite !!!

Et elle disparut.

Ce matin, la chambre de Suzanne était vide. Sur sa table, elle avait laissé la lettre suivante, à l'adresse du marquis.

« Monsieur,

« N'ayant trouvé près de vous qu'humiliations, et comprenant que je demeurerais toujours pour vous *l'étrangère* dont la présence gêne les expansions familiales, je me retire au couvent de la Visitation de Caen, et sous le voile, je prierai Dieu de pardonner à la méchanceté humaine.

« Faites parvenir à cette adresse ce qui m'appartient et qui est demeuré chez vous. Adieu.

« Suzanne de Bernon ».

Pendant la lecture de cette lettre, je considérai Georges, cherchant à percevoir sur son visage une émotion quelconque.

Mais il demeura impassible ; seulement il haussa les épaules et dit :

— Suzanne a agi sous le coup de la colère. Elle se repentira vite de la décision qu'elle a prise.

— Peut-être, dit le vieux Marquis, la voix sévère ; mais désormais ma porte lui sera fermée. Jamais elle ne rentrera à Nerval ; cette fille nous a fait trop de mal.

. . . .

La lutte est finie ; ma rivale est vaincue. Le Mal a fui ; le Bonheur me sourit. C'est sous son égide que je clos ce manuscrit, désormais inutile confident.

*
* *

Un an plus tard, Mlle de Bernon, persévérant dans la résolution que lui avait inspirée son orgueil blessé, prenait le voile dans la chapelle de la Visitation de Caen. N'ayant pu porter devant le monde le nom de Georges de Nerval, elle le porta devant Dieu, et fut dorénavant Sœur Saint-Georges.

Après la Cérémonie, Magdeleine, accompagnée de son beau-père et de son mari, voulut apporter à la nouvelle religieuse le baiser du pardon. Mais toujours hautaine et vindicative, Sœur Saint-Georges refusa de voir sa famille, et le lourd rideau qui la séparait du monde retomba sur elle, pour ne plus jamais se soulever.

Courbevoie. — Imprimerie E. Bernard, 14, rue de la Station.

BIBLIOTHÈQUE NATIONALE R.F. IMPRIMÉS

EN VENTE CHEZ TOUS LES LIBRAIRES

Petite Collection E. Bernard.

à 60 centimes le volume *pour la France.*
à 75 centimes le volume *pour l'Étranger.*

N° 1 LE COLLIER DE DIAMANTS, par A. Lepage.
N° 2 UN BAISER DE REINE, par A. Guignery.
N° 3 LES MAITRESSES DE FRANÇOIS Ier, par P. Savernon.
N° 4 LA ROSÉE ROUGE, par A. Guignery.
N° 5 LES MAITRESSES DE HENRI IV, par P. Savernon.
N° 6 LE ROMAN D'UNE CHANTEUSE, par A. Guignery.
N° 7 LA CONSCIENCE DU JUGE, par A. Guignery.
N° 8 UNE COUR D'AMOUR, par A. Lepage.
N° 9 LE RÊVE DE MICHELINE, par Abel de Miray.
N° 10 LES MAITRESSES DE LOUIS XIV, par P. Savernon.
N° 11 UNE D'ELLES, par Jean Carvalho.
N° 12 LES MAITRESSES DE LOUIS XV, par P. Savernon.
N° 13 TRAGIQUES AMOURS, par A. Guignery.
N° 14 PRINCESSE DE VENISE, par Pierre Guédy.
N° 15 LES SANGUIVORES, par Gaston Azémar.
N° 16 JOURNAL D'UNE AMOUREUSE, par Louis Maurecy.
N° 17 LA BELLE CONSPIRATRICE, par A. Guignery.
Nos 18 et 19 L'HOMME-VIERGE, par Gaston Azémar.
N° 20 MARCHANDS DE CHAIR HUMAINE, par P. Manin.
N° 21 LE MOUSQUETAIRE NOIR, par Victor Nadal.
N° 22 LA POURPRE SANGLANTE, par Adrien Guignery.
N° 23 LA VIE D'UN BOHÊME, par Raoul Verneuil.
N° 24 BÉBÉ, MADAME et MONSIEUR, par G. Guitton.
N° 25 LE ROMAN D'UNE AMBITIEUSE, par A. Lepage.
N° 26 L'HÉROIQUE CHASTETÉ, par Raoul Bouillerot.
N° 27 L'AMOUR COUPABLE, par L. Maurecy.
N° 28 L'OGRE, par G. Guitton.
N° 29 LA MAITRESSE DU MASQUE DE FER, par J. de Kerlecq.
N° 30 AMOUR CHARNEL ET AMOUR AILÉ, par La Font-Vinée.
N° 31 LA BANDE À CHICOT, par Paul Segonzac.
N° 32 UN VOYAGE DE NOCES SOUS LA TERREUR, par P. Tonelli.
N° 33 LE ROMAN D'UNE EMPOISONNEUSE, par H. Lozeral.
N° 34 VERS LA VENGEANCE, par Pierre de Bazillac.
N° 35 PÉCHÉS CAPITEUX, par Roland Brévannes.
N° 36 L'ARGENT VOLÉ, par Segard.
N° 37 RIVALES, par Louis Maurecy.

Cette Collection comprendra 100 volumes.

Courbevoie. — Imprimerie E. Bernard

www.ingramcontent.com/pod-product-compliance
Ingram Content Group UK Ltd.
Pitfield, Milton Keynes, MK11 3LW, UK
UKHW020912180726
13838UKWH00002B/507